在荒野

当一个人的岁月像荒野一样敞开时，
他便再也无法照管好自己。

落在一个人一生中的雪，我们不能全部看见。

每个人都在自己的生命中，孤独地过冬。我们帮不了谁。

在荒野

炊烟是村庄的头发，我小时候这样比喻。大一些时
我知道它是村庄的根。

当家园废失，我知道所有回家的脚步都已踏踏实实
地迈上了虚无之途。

那些阳光，穿过袅袅炊烟和逐渐黄透的树叶，到达墙根门槛时，就已经老了。像我们老了一样，那些秋草般发黄的傍晚阳光，垛满了村庄。

驴也好，人也好，
永远都需要一种无畏的反抗精神。

心地才是最远的荒地，很少有人一辈子种好它。

庄荒野

人心中有自己的早晨，时候到了人会自己醒来。

在荒野

刘亮程 著

湖南文艺出版社
HUNAN LITERATURE AND ART PUBLISHING HOUSE

博集天卷
CS-BOOKY

图书在版编目（CIP）数据

在荒野 / 刘亮程著 . -- 长沙 ：湖南文艺出版社，2024.2

ISBN 978-7-5726-1557-3

Ⅰ . ①在… Ⅱ . ①刘… Ⅲ . ①散文集－中国－当代 Ⅳ . ① I267

中国国家版本馆 CIP 数据核字（2023）第 247395 号

ZAI HUANGYE
在荒野

著　　者：刘亮程
出 版 人：陈新文
责任编辑：匡杨乐
监　　制：李　炜　张苗苗　文赛峰
策划编辑：李孟思
特约编辑：胡碧月
营销编辑：付　佳　杨　朔　付聪颖
封面设计：潘雪琴
版式设计：梁秋晨
内文排版：金锋工作室
彩插设计：梁秋晨
版权支持：张雪珂
出　　版：湖南文艺出版社
　　　　　（长沙市雨花区东二环一段 508 号　邮编：410014）
网　　址：www.hnwy.net
印　　刷：北京嘉业印刷厂
经　　销：新华书店
开　　本：875 mm × 1230 mm　1/32
字　　数：153 千字
印　　张：7.5
版　　次：2024 年 2 月第 1 版
印　　次：2024 年 2 月第 1 次印刷
书　　号：ISBN 978-7-5726-1557-3
定　　价：58.00 元

若有质量问题，请致电质量监督电话：010-59096394
团购电话：010-59320018

目录

卷一

每个人都在自己的生命中，
孤独地过冬

○ ○

卷二

人无法忍受人的荒芜

卷三

守着一朵花开谢

卷四

我另外的一生已经开始

○ ○

每个人都在自己的生命中，
孤独地过冬。

寒风吹彻

雪落在那些年雪落过的地方，我已经不注意它们了。比落雪更重要的事情开始降临到生活中。三十岁的我，似乎对这个冬天的来临漠不关心，却又一直在倾听落雪的声音，期待着又一场雪悄无声息地覆盖村庄田野。

我静坐在屋子里，火炉上烤着几片馍馍，一小碟咸菜放在炉旁的木凳上，屋里光线暗淡。许久以后我还记起我在这样的一个雪天，围抱火炉，吃咸菜啃馍馍，想着一些人和事情，想得深远而入神。柴火在炉中啪啪地燃烧着，炉火通红，我的手和脸都烤得发烫了，脊背却依旧凉飕飕的。寒风正从我看不见的一道门缝吹进来。冬天又一次来到村里，来到我的家。我把怕冻的东西一一搬进屋子，糊好窗户，挂上去年冬天的棉门帘，寒风还是进来了。它比我更熟悉墙上的每一道细微裂缝。

就在前一天，我似乎已经预感到大雪来临。我劈好足够烧半个月的柴火，整齐地码在窗台下。把院子扫得干干净净，无意中像在迎接一位久违的贵宾——把生活中的一些事情扫到一边，腾出一片干净的地方来让雪落下。下午我还走出村子，到田野里转了一圈。我没顾上割回来的一地葵花秆，将在大雪中站一个冬天。每年下雪之前，我都会发现有一两件顾不上干完的事而被搁一个冬天。冬天，有多少人放下一年的事情，像我一样用自己那只冰手，从头到尾地抚摸自己的一生。

屋子里更暗了，我看不见雪。但我知道雪在落，漫天地落。落在房顶和柴垛上，落在扫干净的院子里，落在远远近近的路上。我要等雪落定了再出去。我再不像以往，每逢第一场雪，都会怀着莫名的兴奋，站在屋檐下观看好一阵；或光着头钻进大雪中，好像有意要让雪知道世上有我这样一个人，却不知道寒冷早已盯住了自己活蹦乱跳的年轻生命。

经过许多个冬天，我才渐渐明白自己再躲不过雪，无论我蜷缩在屋子里，还是远在冬天的另一个地方，纷纷扬扬的雪，都会落在我正经历的一段岁月里。当一个人的岁月像荒野一样敞开时，他便再也无法照管好自己。

就像现在，我紧围着火炉，努力想烤热自己。我的一根骨头，却露在屋外的寒风中，隐隐作痛。那是我多年前冻坏的一根骨头，我再不能像捡一根牛骨头一样，把它捡回到火炉旁烤热。它永远地冻坏在那段天亮前的雪路上了。

那个冬天我十四岁，赶着牛车去沙漠里拉柴火。那时一村人都靠长在沙漠里的梭梭柴取暖过冬。因为不断砍挖，有柴火的地方越来越远，往往要用一天半的时间才能拉回一车柴火。每次去拉柴火，都是母亲半夜起来做好饭，装好水和馍馍，然后叫醒我。有时父亲也会起来帮我套好车。我对寒冷的认识是从那些夜晚开始的。

牛车一走出村子，寒冷便从四面八方拥围而来，把我从家里带出的那点温暖搜刮得一干二净，浑身上下只剩下寒冷。

那个夜晚并不比其他夜晚更冷。

只是我一个人赶着牛车进沙漠。以往牛车一出村，就会听到远远近近的雪路上其他牛车的走动声，赶车人隐约的吆喝声。只要紧赶一阵路，便会追上一驾或好几驾去拉柴的牛车，一长串，缓行在铅灰色的冬夜里。那种夜晚天再冷也不觉得。因为寒风在吹好几个人，同村的、邻村的、认识和不认识的好几驾牛车在这条夜路上抵挡着寒冷。

而这次，一夜的寒风吹着我一个人。似乎寒冷把其他一切都收拾掉了。现在全部地对付我。

我披紧羊皮大衣，一动不动地趴在牛车里，不敢大声吆喝牛，免得让更多的寒冷发现我。从那个夜晚开始我懂得了隐藏温暖——在凛冽的寒风中，身体中那点温暖正一步步退守到一个隐秘得连我自己都难以找到的深远处——我把这点隐深的温暖节俭地用于此后多年的爱情和生活。我的亲人们说我是个很冷的人，不是的，我把仅有的温暖全给了你们。

许多年后有一股寒风，从我自以为火热温暖的、从未被寒冷浸入的内心深处阵阵袭来时，我才发现穿再厚的棉衣也没用了。生命本身有一个冬天，它已经来临。

天亮后，牛车终于到达有柴火的地方。我的一条腿却被冻僵了，失去了感觉。我试探着用另一条腿跳下车，拄着一根柴火棒活动了一阵，又点了一堆火烤了一会儿，勉强可以行走了，腿上的一块骨头却生疼起来，是我从未体验过的一种疼，像一根根针刺在骨头上又狠命往骨髓里钻——这种疼感一直延续到以后所有的冬天以及夏季里阴冷的日子。

太阳落地时，我装着半车柴火回到家里，父亲一见就问我："怎么拉了这点柴，不够两天烧的。"我没吭声。也没向家里说腿冻坏的事。

我想很快会暖和过来。

那个冬天要是稍短些，家里的炉火要是稍旺些，我要是稍把这条腿当回事，或许我能暖和过来。可是现在不行了。隔着多少个季节，今夜的我，围抱火炉，再也暖不热那个遥远冬天的我；那个在上学路上不慎掉进冰窟窿，浑身是冰往回跑的我；那个跺着冻僵的双脚，捂着耳朵在一扇门外焦急等待的我……我再不能把他们唤回到这个温暖的火炉旁。我准备了许多柴火，是准备给这个冬天的。我才三十岁，肯定能走过冬天。

但在我的周围，肯定有个别人不能像我一样度过冬天。他们被留住了。冬天总是一年一年地弄冷一个人，先是一条腿、一块骨头、一副表情、一种心境……而后是整个人生。

我曾在一个寒冷的早晨，把一个浑身结满冰霜的路人让进屋子，给他倒了一杯热茶。那是个上了年纪的人，身上带着许多个冬天的寒冷，当他坐在我的火炉旁时，炉火须臾间变得苍白。我没有问他的名字，在火炉的另一边，我感觉到迎面逼来的一个老人的透骨寒气。

他一句话不说。我想他的话肯定全冻硬了，得过一阵才能化开。

大约坐了半个时辰，他站起来，朝我点了一下头，开门走了。我以为他暖和过来了。

第二天下午，听人说村西边冻死了一个人。我跑过去，看见这个上了年纪的人躺在路边，半边脸埋在雪中。

我第一次看到一个人被冻死。

我不敢相信他已经死了。他的生命中肯定还深藏着一点温暖，只是我们看不见。一个人最后的微弱挣扎我们看不见，呼唤和呻吟我们听不见。

我们认为他死了。彻底地冻僵了。

他的身上怎么能留住一点点温暖呢？靠什么去留住？他的烂了几个洞、棉花露在外面的旧棉衣？底快磨通、一边帮已经脱落的那双鞋？还有，他多少个冬天积累起来的彻骨寒冷？

落在一个人一生中的雪，我们不能全部看见。每个人都在自己的生命中，孤独地过冬。我们帮不了谁。我的一小炉火，对这个贫寒一生的人来说，显然微不足道。他的寒冷太巨大。

我有一个姑妈，住在河那边的村庄里，许多年前的那些个冬天，我们兄弟几个常走过封冻的玛河去看望她。每次临别前，姑妈总要说一句：天热了让你妈过来喧喧。

姑妈年老多病，总担心自己过不了冬天。天一冷她便足不出户，偎在一间矮土屋里，抱着火炉，等待春天来临。

一个人老的时候，是那么渴望春天来临。尽管春天来了她没有一片要抽芽的叶子，没有半瓣要开放的花朵。春天只是来到大地上，来到别人的生命中。但她还是渴望春天，她害怕寒冷。

我一直没有忘记姑妈的这句话，也不止一次地把它转告给母亲。母亲只是望望我，又忙着做她的活。母亲不是一个人在过冬，她有五六个没长大的孩子，她要拉扯着他们度过冬天，不让一个孩子受冷。她和姑妈一样期盼着春天。

天热了，母亲会带着我们，蹚过河，到对岸的村子里看望姑妈。姑妈也会走出蜗居一冬的土屋，在院子里晒着暖暖的太阳和我们说说笑笑……多少年过去了，我们一直没有等到这个春天。

好像姑妈那句话中的"天"一直没有热。

姑妈死在几年后的一个冬天。我回家过年，记得是大年初四，我陪着母亲沿一条即将解冻的马路往回走。母亲在那段路上告诉我姑妈去世的事。她说："你姑妈死掉了。"

母亲说得那么平淡，像在说一件跟死亡无关的事情。

"怎么死的？"我似乎问得更平淡。

母亲没有直接回答我。她只是说："你大哥和你弟弟过去帮助料理了后事。"

此后的好一阵，我们再没说话，只顾静静地走路。快到家门口时，母亲说："天热了。"

我抬头看了看母亲，她的身上散着热气，或许是走路的缘故，不过天气真的转热了。对母亲来说，这个冬天已经过去了。

"天热了让你妈过来喧喧。"我又想起姑妈的这句话。这个春天再不属于姑妈了。她熬过了许多个冬天，还是被这个冬天留住了。我想起奶奶也是死在多年前的冬天。母亲还活着。我们在世上的亲人会越来越少。我告诉自己，不管天冷天热，我都常过来和母亲坐坐。

母亲拉扯大她的七个儿女。她老了。我们长高长大的七个儿女，或许能为母亲挡住一丝的寒冷。每当儿女们回到家里，母亲都会特别高兴，家里也顿添热闹的气氛。

但母亲斑白的双鬓分明让我感到她一个人的冬天已经来临，

那些雪开始不退、冰霜开始不融化——无论春天来了，还是儿女们的孝心和温暖备至。

随着三十年的人生距离，我感受着母亲独自在冬天的透心寒冷。我无能为力。

雪越下越大。天彻底黑透了。

我围抱着火炉，烤热漫长一生的一个时刻。我知道这一时刻之外，我其余的岁月，我的亲人们的岁月，远在屋外的大雪中，被寒风吹彻。

一个人的村庄

我出去割草，去得太久，我会将钥匙压在门口的土坯下面。我一共放了四块土坯迷惑外人，东一块，西一块，南北各一块。有一年你回来，搬开土坯，发现钥匙锈迹斑斑，一场一场的雨浸透钥匙，使你顿觉离家多年。又一年，土坯下面是空的，你拍打着院门，大声喊我的名字。那时村里已没几户人家，到处是空房子，到处是无人耕种的荒地，你趴在院墙外，像个外人，张望我们生活多年的旧院子，泪眼涔涔。

芥，我说不准离家的日子，活着活着就到了别处。我曾做好在黄沙梁等你一生一世的打算，你知道的，我没这个耐力，随便一件小事都可能把我引向无法回来的远处。在过去的几十年里，村里人就是为一些小事一个一个地走得不见了。以至多少年后有人问起走失的这些人，得到的回答仍旧是：

他割草去了。

她浇地去了。

人们总是把割草浇地这样的事看得太随便平常。出门时不做任何准备，不像出远门那样安顿好家里的一切。往往是凭一个念头，也不跟家里人打声招呼，提一把镰刀或扛一把锨就出去了，一天到晚也不见回来，一两年过去了还没有消息。许多人就是这样被留在了远处。他们太小看这些活计了，总认为三下五下就能应付掉。事实上随便一件小事都能消磨掉人的一辈子，随便一片树叶落下来都能盖掉人的一辈子。在我们看不见的角角落落里，我们找不到的那些人，正面对着这样那样的一两件小事，不知不觉地过去了一辈子。连抬头看一眼天的时间都没有，更别说地久天长地想念一个人。

我最终也一样，只能剩一院破旧的空房子和一把锈迹斑斑的钥匙——我让你熟悉的不知年月的这些东西在黄沙梁，等待遥无归期的你。我出去割草。我有一把好镰刀，你知道的。

多少年前的一个下午，村子里刮着大风，我爬到房顶，看一天没回家的父亲。我个子太矮，站在房顶那截黑乎乎的烟囱上，踮起脚朝远处望。当时我只看见村庄四周一片浩浩荡荡的草莽。风把村里没关好的门窗甩得啪啪直响，连一个人影都看不见，满天满地都是风声，我害怕得不敢下来。

我母亲说，父亲是天刚亮时扛一把锨出去的。父亲每天都是这个时候出去。我们从来不知道他在侍弄哪块地。只记得过不了多长时间，父亲的那把锨就磨得不能使了。他在换另一把锨时，总是坐在墙根那块石板上，一遍又一遍地刮磨那根粗糙的新锨把，干得认真而仔细。有时他抬头看看玩耍的我们，也偶尔使唤我给他端碗水拿样工具。我们还小，不知道堆在父亲一生里的那些活，他啥时候才能干完，更不知道有一件活会把父亲永远留在一块地里。

多少年来我总觉得父亲并没有走远，他就在村庄附近的某一块地里，某一片密不透风的草莽中，无声地挥动着铁锨。他干得忘记了时间，忘记了家和儿女，也忘记了累。多少年后我在这片荒野上游荡，有一天，在草莽深处我看见一大片翻得整整齐齐的耕地，我一下认出这是父亲干的活。我跑过去，扑在地上大喊父亲、父亲……我听见我的声音被另一个我接过去，向荒野尽头传递。我站起来，看见父亲的那把铁锨插在地头上，木把已朽。我知道父亲已经把活干完了，他正在回家的路上。我也该回家看看了。我记不清自己游荡了多少年，只觉得我的身体在荒野上没日没夜地飘游，没有方向，没有目的，也不知道累，若不是父亲翻虚的这片地挡住我，若不是父亲插在地头的铁锨提醒我，我就无边无际地游荡下去了。

芥，那时候家里只剩了你。我的兄弟们都不知到哪里去了，他们也和父亲一样，某个早晨扛一把锨出去，就再不回来了。我怎么也找不到他们。黄沙梁附近新出现了好多村子，我的兄弟们或许隐姓埋名生活在另一个村庄了。有些人就是喜欢把自己的一生像件宝贝似的藏起来不让人看，藏得深而僻远。

我记得三弟曾对我说过，一个人就这么可怜巴巴的一辈子，为啥活给别人看呢。三弟是在父亲走失后不久说这句话的，那时我就料到，三弟迟早会把自己的一生藏起来。没想到我的兄弟们都这样小气地把自己的一辈子藏在荒野中了。

我把钥匙压在门口的土坯下面，我做了这个记号给你，走出很远了又觉得不踏实。你想想，一头爱管闲事的猪可能会将钥匙拱到一边，甚至吞进嘴中嚼几下，咬得又弯又扁。一头闲溜达的牛也会一蹄子下去，把钥匙踩进土中。最可怕的是被一个玩耍的孩子捡走，走得很远，连同他的童年岁月被扔到一边。多少年后，这把钥匙被一个有贼心的人捡到，定会拿着它挨家挨户地试探，在人们都不在的一天，从村子一头开始，一把锁一把锁地乱捅。尤其没开过的锁，往里捅时带着点阻力，涩涩的，能勾起人的兴致。即使根本捅不进去，他也要硬塞几下。一把好钥匙就这样被无端磨损，变细、变短，成为废物。遭它乱捅的锁孔，却变得深大而松弛，这种反向的磨损使本来亲密无间的东西日渐疏离。爱情也是这样。这么多年我循序渐进地深入你，是我把你造就得深远又宽柔。我创造了一个我到达不了的远方，挖了一口自己探不到底的深井。在这个漫长过程中我自己被消损得短而细小。爱情的距离就这样产生了。

早晨微明的天色透进窗户，你坐起身，轻轻移开我压在你腹部的一条腿。

你说："那块地都荒掉了。"

"哪块地？"我似醒非醒地问你。

接着我听见锄头和铁锨轻碰的声音、开门的声音。

我醒来时不知是哪个早晨，院子扫得干干净净，柴垛得整整齐齐，细绳上晾晒着洗干净的哪个冬天的厚重棉衣。你不在了。

村子里依旧刮着大风，我高晃晃地站在房顶朝四处望。风穿过空洞的门窗发出呜呜的鬼叫声。已经多少年了，每次爬上房顶我都在想，有一天我一定提一把镰刀出去，把村庄周围的草全都割倒。至少，割出一个豁口，割开一条道。我父亲走失的第五年，有一天，我在房顶上看见村西边的沙沟里有一片草在摇动。我猛然想到是不是父亲，我记得母亲说过，你父亲就喜欢扛一把锨在乱草中倒腾，他时不时地在一片草莽中翻出块地来，胡乱地撒些种子，就再不管了。吃午饭时，母亲又说：爬到房顶看看，哪片草动弹，肯定是你父亲。

我翻过沙梁，一头钻进密密麻麻的深草。草高过了头顶，我感到每一株草都能把我挡到一边，我只能一株草一株草地拨开它们。结果我找到了一头驴。我认出是几年前王五家丢掉的那头，当时王五家为了这头驴惊动了方圆几百里，几乎远远近近每一条路上都把守着王五家的亲戚，村里每一户人家都被怀疑。没想到驴就藏在离王五家不远的一摊荒草中，几年间它没移动几步，嘴边就是青草，它卧在地上左一口右一口地就能吃饱肚子，对驴来说这是多好的日子。它当然不愿再回到村里去受苦。可王五家却惨了，本该驴做的事情都由王五家的人分担去做了。才几年工夫王五的腰就弓成驴背了。

我出于好心把驴拉了回去送到王五家。王五的婆姨抱着驴脖子哭了好一阵，驴被感动了似的也吭吭地叫起来。王五的婆姨哭够了转过身来，用一双泥糊糊的眼睛瞪着我说："你爹出去几年了？"

"五年了。"我说。

"那就对了。"王五的婆姨一拍巴掌，说。

"我家的驴也丢掉整整五年了，肯定是你爹把我家的驴拉出去使唤了五年，使唤成老驴了，才让你给送过来。你说，是不是？"

芥，我记得我们种过一块地，离村庄很远。一个春天的早晨我们赶马车出去，绕过沙梁后走进一片白雾蒙蒙的草地，马打着响鼻。我爬在装满麦种的麻袋上，你躺在我身旁。我清楚地记得有一股大风刮过你的嘴唇，朝我的眼睛里吹拂，我什么都看不见了，只闻到一股熟悉的来自遥远山谷的芬芳气息。马车猛然间颠簸起来，一上一下，一高一低，一起一伏，我忘掉了时间，忘掉了路。不知道车又拐了多少个弯，爬了几道梁，过了几条沟。后来车停了下来，我抬起头，看见一片一望无际的野地。

芥，我一直把那一天当成一场梦，再想不起那片野地的方向和位置。我们做着身边手边的事，种着房前屋后的几小块地，多少个季节过去了，我似乎已经忘记我们曾无边无际地播种过一片麦子。我只依稀记得我们卸下农具和种子时，有一麻袋种子漏光在路上了。

后来我们往回走时，路上密密麻麻长满了麦子。我们漏在路上的麦种，在一场雨后全都长了出来，沿路弯弯曲曲一直生长到家门口，我们一路收割着回去。芥，我一直不敢相信的一段经历你却把它当真了。你背着我暗暗记住了路。那个早晨，我在睡眼蒙眬中听见你说：那块地长荒了。我竟没想到你在说那一片麦地。现在，你肯定走进那片无边无际的麦地中了。

我带走了狗，我不知道你回来的日子，狗留在家里，会因怀念而陷入无休止的回忆。跟了我二十年的一条狗，目睹一个人的变化，面目全非。二十年岁月把一个青年变成壮年，继而老态龙钟。狗对自己忠诚的怀疑将与年俱增。在狗眼里，人一生中的不同时期是不同面孔的好几个人。它忠心尾随的那个面孔的人，随着年月渐渐就不见了。取而代之的是另一副面孔另一番心境的一个人，还住在这个院子，还种着这块地。狗永远不能理解沧桑这回事。一个跟随人一辈子的忠犬，在它的自我感觉中已几易其主，它弄不清人一生中哪个时期的哪副面孔是它真正的主人。

狗留在家里，就像你漂泊在外，是我最放不下的心事。

一条没有主人的狗，一条穷狗，会为一根干骨头走村串巷，挨家乞讨，备受人世冷暖，最后变得世故，低声下气，内心充满怨恨与感激。感激给过它半嘴馊馍的人，感激没用土块追打过它的人，感激垃圾堆中有一点饭渣的那户人。感激到最后就没有了狗性，没有一丁点怨恨，有怨也再不吭声，不汪不吠。游荡一圈回到空荡荡的窝中，见物思人，主人的身影在狗脑子里渐渐被怀念成一个幻影，一个不真实的梦。

这还不是最重要的。你回来晚了，狗老死在窝里，它没见过你的狗子狗孙们把守着院子。它们没有主人，纯粹是一群野狗，把你的家当狗窝，不让你进去。

家是很容易丢掉的，人一走，家便成一幢空房子。锁住的仅仅是一房子空气，有腿的家具不会等你，有轱辘的木车不会等你，你锁住一扇门，到处都是路，一切都会走掉。门上的红油漆沿斑驳的褪色之路，木梁沿坑坑洼洼的腐朽之路，泥墙沿深深浅浅的风化之路，箱子里的钱和票据沿发黄的作废之路……无穷无尽地走啊。

我在荒草没腰的野地偶一抬头，看见我们家的烟囱青烟直冒，我马上想到是你回来了，怎么可能呢，都这么多年了，都这么多年了，我快过惯没有你的日子。

我扔下镰刀往回跑。

一个在野外劳动的人，看见自己家的炊烟连天接地地袅袅上升，那种子孙连绵的感觉会油然而生。炊烟是家的根。生存在大地深处的人们，就是靠扎向天空的缕缕炊烟与高远陌生的外界保持着某种神秘的联系。

炊烟一袅袅，一个家便活了。一个村庄顿时有了生机。

没有一朵云，空荡荡的天空中只有我们家那股炊烟高高大大地挡住太阳，我在它的阴影中奔跑，家越来越近。

我推开院门，一个陌生男人正往锅头里塞柴火，我一下愣住了，才一会儿工夫，家就被别人占了。我操了根木棍，朝那个男人蹲着的背影走去。

听到脚步声他慢腾腾地转过身。

"你找谁？"他问。

"你找谁？"我问。

"我不找谁。"他说着又往锅头里塞了根柴火，我看见半锅水已经开了，噗噗地冒着热气。

这个男人去另一个村庄，路过院门口时，一脚踩翻土坯，看见我留给你的钥匙。他小心翼翼地捡起来，擦净上面的锈和尘土，顺手装进口袋。走了几步他又返回来。我一共留给你五把钥匙，能打开五扇门。我们家能锁住的地方我都上了锁。

他捡出一把粗短的黄铜钥匙，对准锁孔塞了几下，没塞进去。又捡出另一把细长的，没费劲就塞了进去，捅到底了，还露半截在外面，他故意扭了几下又拔出来。捅进第三把钥匙时，锁打开了。他在院子里转了一圈，然后又挨个地打开每一间房子。

他先走进一间宽大低矮的卧房，看见一张占据了大半个房间的几十米长的大土炕，他有点吃惊，从没见过这么大的土炕。他想，这家男人肯定雄壮无比呢，他修了一个如此阔大的炕，一定想生养几十个儿女。有这种雄心的男人一般都有健壮体魄，又娶到一房样样能行的好媳妇，有了这些天赐的好条件，他就会像种瓜点豆一般，从大土炕的那头开始，隔一尺种一个儿子，再隔一尺插花地播一个女儿。这是长达几十年的辛勤劳作，要保质保量地种下去又不种出歪瓜裂枣也不容易。再能行的男人赶种到大土炕的另一头也会老得啥也干不动，腰也弯了，腿也瘸了，甚至再没力气下炕。而从这个大土炕上齐刷刷站起来的一群儿女，在一个早晨像庄稼一样密密麻麻地立在地上，挡住从窗外照进来的那束阳光。

他想，这家男人在年轻气盛时一定很自负地算好了一生的精力和时间，才修了一个这样巨大的土炕，他对自己太有信心了。多少年后的今天，显然，他连半个儿子也没种出来，大土炕上一片荒芜，长着些弱小的没咋见阳光的杂草。只有靠东头的炕角上，铺着张发黄的苇席和半条烂毡，一床陈旧的大花棉被胡乱地堆在上面。

是什么东西阻止或破灭了这家男人的雄伟梦想呢？他不知道。

他用一根指头在布满裂缝的桌面上抹了一下，画出一道清晰的印子，尘土足有铜钱厚。他是个流浪人，可能从没安心在一个地方长年累月地体验过一件事情。不像我，多少年来看着一棵树从小往大地长。守着一个院子，从新住到旧。思念着一个人，从年轻到年老昏沉。他没这种经历，因而弄不清多少年的落尘才能在桌面上积到铜钱这么厚。

他转过身，穿过满是杂乱农具的库房，墙上挂的，梁上吊的，地上堆的，各式各样的农具。有些他从没有见过，造型古古怪怪，不知是干什么活用的。

芥，有些活是只有我能看见的，它们细小或宏大地摆在我的一生里，我为这些不同种类的活制造了不同式样的专用农具。我不像父亲，靠一把简单的铁锨就能对付一辈子。有些活通过我的劳动永远不见了，或者变成另一种活等候在岁月中了。我埋掉的一些东西成为后人的挖掘物时，那种劳动又回来或重新开始了。我割倒垛在荒野中的干草，多少年后肯定有人赶一辆车拉回村里。这些深远的东西一个过路人怎能看清看透呢？他只会惊叹：这家男人长着怎样有力的一双手啊！他为自己准备了如此多而复杂的一库房农具，他到底想干掉多少活、干出多大的事业？这些农具中的哪一件真正被用过？

他打开另一扇门，一股谷物腐烂的霉味扑鼻而来。这间房子没有窗户，光线很暗，只有接近房顶的墙上有两个很小的通风洞，房子中间突兀地立着一堵墙，墙的半腰处有个黑洞洞的豁口，他把头探进豁口，看了半天，才看清里面是黑乎乎的半仓粮食。他把手伸进去，抓了一把谷物走到院子里，在阳光下观察了一阵，又用鼻子闻了闻。

没准还能吃呢。他想。

要能吃的话，这半仓粮食够一个人吃一年了。

他在院子里转了一圈，捡了些柴火放到锅头旁。他决定住下不走了。他想，这么大一院房子，白白空着太可惜了。他本来去另一个村庄，另一个村庄在哪里他自己也说不清，每到一个村庄，另一个村庄便隐约出现在前方，他只好没完没了地往前走。不知走了多少年，他忘记了家，忘记回去的路，也忘记了疲惫。

正是中午，阳光暖暖地照着村子，有两三个人影，说着话，走过村中间那条空寂的马路。

他想，先做顿饭吧，多少年来他第一次感到了饥饿。

我在这时候跑回家里。

我犯了一个天大的错误。芥，我扔下镰刀往回跑，快下午的时候，一个过路人捡走我的镰刀和一捆青草，往后很多年，我追赶这个人。我走过一个又一个喧哗或寂静的村庄，穿过一片又一片葱郁或荒芜的土地，沿途察看每一个劳动者手中的农具，我放下许多事，甚至忘记了家，忘记了等你……

芥，你不认识老四，你到我们家的时候，老四已走失多年。家里只剩下母亲和两个我至今不知道名字的小弟弟。他们小我很多岁，总是离我远远的——像在离我很多年那么远的地方各自玩着游戏。也不叫我二哥，也许叫过，只是太远了我没听清楚。他们总喜欢在某个墙根玩耍，望过去像两个投在墙上的影子。其实他们就是影子，只活在母亲的世界里，父亲离开后再没人带他们来到世上。我一直不知道我有多少个兄弟姐妹。但一定很多，来世的，未来世的，不计其数。我父亲的每一颗成熟的精子，我母亲的每粒饱满的卵子，都是我的兄弟姐妹。他们流失在别处，就像我漂泊在黄沙梁。

多少年后我在这片荒野上游荡时，我又变成了一颗精子或一粒卵子。盲目，无知。没有明确的去处。我找到了你，在很多年间我有了一个安静温暖的归宿。我日日夜夜地爱着你，我渴望通过你回到我母亲那里去。父亲走失后我目睹了母亲长达半世的寂寞和孤独。

我是不是走在一条永远的死胡同里，进来出去又进来，你让我迷路，很多年走不出这个叫黄沙梁的村子。

芥，你没看好我的母亲，你让她走了，带着我的两个不知名字的兄弟远远地走了。你指给我路，让我去追。

正是下午的时候，我扛着铁锨回来，院门敞开着，我喊你的名字，又喊母亲，院子里静静的没有回应，对面墙上也看不见我那两个兄弟的身影，往日这个时候他们玩得正欢，墙上的影子也就最清晰真实。

我推开一扇门，又推开一扇门，家里像是多少年没有人住。我记得我才出去了一天，早晨我出门时，你正在锅头上收拾碗筷，母亲拿一只小小的笤把在扫院子，我还想，这么大的院子母亲用一只小笤把啥时才扫完呢？我吩咐你帮帮母亲，你答应着。树上在落叶子，我出门时，一些树叶落在母亲扫过的地方。

我在地里干着活还不时朝村里望，快中午的时候，我还看见我们家的烟囱冒了一股烟，又不见了。我头枕在埂子上睡了一觉，是不是这一觉把几十年睡过去了。

我走出院子找你和母亲，村子里空空的一个人也看不见。我一家一家地敲门，几乎每户人家的院门都虚掩或半开着，像是人刚出去没走远，就在邻居家借个东西、去房后撒泡尿马上就回来，所以门没锁，窗户没关。但院子里的破败景象告诉我，这里已经很久没人居住。我喊了几个熟悉的人的名字。喊第三声的时候，一堵土院墙轰然而倒。我返回到家里，看见你正围着锅头做饭，两盘炒好的蔬菜摆在木桌上。

"活干完了？"我听见你问我。

"什么活？"我在心里想着这句话，说出口的却是另一句，"刚才你到哪儿去了？"

"我给你做饭哩。"

"那我回来咋没看见你。"

"你回来了？啥时？"

"刚才。"

"刚才？"你说着又把炒好的一盘菜放在木桌上。

"那我母亲呢？"

"刚走，她说不回来吃饭了。你母亲太能吃饭了，一顿吃好几个人的饭还不停地叫饿。她说她是给你的几个兄弟吃饭的，她自己好多年前就不需要吃饭了，只喝点西北风就饱了。"

我朝你指的路上追去，没跑几步又折回来。

"那么，村里人都到哪儿去了？"

"都在哩。"

"在哪里？"

"还不是都在干自己的活哩，你想想你到哪儿去了就该知道其他人的去处。"

你说着把一碗烧好的汤放在桌上。我看见发绿的汤里扔着几根白骨。另几盘也是些腐肉和陈菜，那些菜像是多少个季节以前摘的，发着陈旧的灰黑色。虽是刚炒出来，却一点热气都没有。

倒像一桌放了多年的供食。再看你，也像衰老了许多，衣袖有几处已朽烂，铜手镯绿锈斑斑，似乎这顿饭你做了很多年才做熟。炉膛里还是多年前的那灶火，盘子里是多年前的肉和蔬菜，我的胃里蠕动着的也是多年前的一次饥饿。

芥，我记得我才出去一天。

我三十岁那年秋天，我想，我再不能这样懵懵懂懂地往前活了。我要停下来，回过头把这半辈子认认真真地回味一遍。如果我能活六十岁的话，我用三十年时间往前走，再用剩下的三十年往回走，这样一辈子刚好够用。

从那时起，我停住手中的一切活计，吃着仓里的陈旧谷子，喝着井里的隔年老水，拒绝和任何一个陌生人认识，也不参与村里家里的一切事务。唯一的在外面的活动是，当我回想不起来的时候，找几个熟悉我的人聊聊往事。

那年秋天家家户户大丰收，人人忙忙碌碌。仓满了，麻袋也用完了，院子里、房顶、马路上，到处堆放着粮食。人们被多年不遇的丰收喜昏了头，没谁愿意跟我闲扯陈年旧事。他们干着今年的活，手握着今年的玉米棒子，眼睛却满含喜庆地望着来年。他们说，啊，要是再有几个这样的好年成，我们就能把一辈子的粮食全打够，剩下的年月，就可以啥也不干在家里享福了。他们一年接一年地憧憬下去，好年成一个挨一个一直延伸到每个人的生命尽头。照这样的向往，我发现他们根本没有剩下的年月可以啥也不干待在家里享福。往往是今年的收成还顾不上吃几口，另一年的更大丰收又接踵而来，大丰收排着大队往家里涌，人们忙于收获，忙于喜庆，忙得连顿好饭都顾不上吃，一村人的一辈子就这样毫无余地地完蛋了。

我庆幸自己早早刹住了车。芥，只有你理解我。在我满屋满院子翻找那些能够证明我过去生活的旧农具、旧家什以及老帐单、破鞋帽时，你不动声色地配合我，一边收拾着满院子的粮食，一边找出你早年的衣饰，穿戴在身上，用你以往的眼神和微笑对着我，说着你对我说过的话，重复着你对我做过的那些动作。

芥，我就从前一天的晚上开始回想。我顶好院门，用一捆树枝把院墙上的豁口堵住。天还没有黑透，还不到睡觉的时候，你早早就喊我上炕，不叫我出去转，和屋后的韩三吹吹牛、聊聊天，乘机抽他的一根烟。韩三叫我骗高兴时，就会递过一大张烟纸，抓一大撮烟颗，让我又粗又长地卷一根烟。这件便宜事我从没告诉过你，即使告诉了，你也不会放我出去一个人过瘾。我看得出，你从天一亮就开始盼着天早早黑，好早早上炕。那时你是多么狂热地依恋着我啊！多少年后的那些个晚上，当我闲着没事想出去混根烟抽时，韩三早已不在村里，他家装修考究的窗户门变成几个怪模怪样的黑洞，遇到风天便发出呜呜的怪叫。

我坐在炕沿脱衣服时，还听到村里忙忙碌碌的人声、狗和牲畜的叫声。我忙碌的时候，不会清晰地听到其他人忙碌的声音，现在我不忙了，要忙另一件事了。你让我早早闲下来，怕我累坏了身体干不成正事。

我就从这一夜开始回忆，从三十岁的这一夜起，我就往回走了，背对着你们——一村庄人，面朝曾经发生过的事情。熄灭的油灯又亮起来，橘黄的亮光重新温馨地照着这间房子，这张几十米长的大土炕。我们睡在土炕的一头，另一头堆满了玉米棒子，都是新鲜的刚收获不久的棒子，夜里我困顿时你顺手拿过又粗又长的一个，摇醒我。你把玉米棒抓在手里，对着我的嘴唇撩来弄去。你知道怎样弄醒我。

外面刮起风。我听见风把院子里的干树叶刮起来，带到很远很远的地方，紧接着一些很远处的树叶又被风刮到房顶和院子里。你不让我吹灯，你不知道灯亮着我多心疼，家里只有一小瓶灯油，我准备了好几个大桶，并排放在库房的墙根。我想年轻时多摸摸黑，节省点灯油，到我上了年纪，老眼昏花时就会有足够的灯油，我在四周点好多盏灯。当一个人视力渐衰时他拥有了好多盏灯，一盏一盏地，把那些他看不清的地方一一点亮，这是多么巨大的补偿啊！这种补偿不会凭空而降，要靠自己在漫长一生中一点点地去积攒。你怨我性急，我咋能不急呢，灯亮着，灯油一丝丝耗尽时，我就觉得自己没有了力气，只想早早熄灯入梦。

我站在村头观察了好一阵。月光下的黄沙梁，就像梦中的白天一样。一切都在银灰色的透明空气中呈现出原来的样子——树还是那样高，似乎我离开后树再没有生长过。房子还那样低矮，只是不知住在里面的，是不是我认识的那一村庄人。我走了半夜的黑路，神情有些恍惚，记不清自己离开黄沙梁已有多久。我好像做了一场梦，恍恍惚惚醒来，看见自己生活多年的一个村庄，泊在月色里。

就在前半夜，我还一直担心自己走错了路。我记得以前的路是在沙梁顶上蜿蜒向西，绕过一道沟后直端端戳向村子。

"谁把路朝北挪动了半里。"我自言道。

有人为了种地往往会把道路挤到一边，让过往的人围着他的地转。有一年我穿过一片戈壁去胡家海子，去时路还好好的，路旁长满了野草和灌木。几天后当我返回时，这片戈壁已被人耕翻了，并浇了水，种上粮食。我费了大半天时间才绕过去。我想，倘若这个种地人心贪，把地耕种到天边，那我就永远被隔在地这边的他乡了。

而这片荒野并没有人耕种，好像路不小心从沙梁上滑了下来，要么是向北的风一年一年地把路吹到这边了，像吹一根绳子一样。

不过，我想是另一种情景：一场大雪后，荒野白茫茫一片，雪把所有界线和标识覆盖得一片模糊。最先出门的人，搞不清道路的确切位置，但又不能不走，只好大概地瞄一个方向踏雪而去。晚出门的人、车马也都不加考虑地循着这行脚印走去。这样每一场雪后，道路总会偏离原来的轨迹，有时偏左，有时偏右。

整个冬天没有几只脚真正地踩在路上。只有到了春天——融雪之后，人们才惊讶地发现：把路走偏了。但又没有谁会纠正这个错误，回到老路上去。反正，咋走还是走到该去的地方，目的地不会错的。

那时候我们刚刚结婚，我整夜守着你，不知道村里发生了啥事。几个兄弟都离我远远的，夜里他们睡在房顶和院子里。母亲啥都不让我干，顿顿给我吃鸡蛋。

赶紧让你媳妇把娃娃怀上。

母亲希望我们家能尽快来一个人。每天都有人走掉，好多人不见了。

我最听母亲的话，父亲离开后，母亲的话语成了我们家里唯一的长辈的声音。她温和舒缓地覆盖着这个家庭，我们按她说的去做，或者当面答应，背后照自己的想法去干活。无论听从与否，我们都不能没有这种声音——从祖辈的高处贯穿下来的骨肉之音。父亲母亲，你们的声音将最终成为儿女们的声音在代与代的山谷间经久回应。不管我们年轻时怎样不听话，违背母语父令。最终还是回到父亲母亲的声音中，用他们的话语表达我们自以为全新的人生，做着父母语言中的所有事情。

芥，你也是听了你母亲的话温温顺顺做了我的妻子。你老早就喜欢我，想嫁给我。你母亲同意后，这个意愿便成了你母亲的，你是个听话的好女儿，照母亲的意愿做了你愿意做的。我也一样。

我蓄了二十多年的劲，磨了二十多年的刀，攒了二十多年的念想。现在，我终于和你睡在一个炕上，钻进一个被窝，我却突然意识到这是母亲安排我做的一件事。母亲没说出之前我只是在夜里偷偷地想你，母亲说了，我就照她的意愿去做。

我十六岁那年，母亲让我去开一片荒地。放下这么多熟地不种，开什么荒呀。我心里叨咕着，还是去了。那是片稀稀拉拉长着些蒿草的白皮地，看样子没人动过一锨一锄。这叫处女地，开起来费些劲，但你不能老在别人开过的地里倒腾。男人嘛，总要整几块处女地。我在地上挖了几锨，地太硬，锨怎么也插不进去。

"母亲，我是不是劲太小了，没到开荒的年龄？"我问。

"你父亲十三岁就开始在荒地里舞锨弄锄了。"母亲说。我懊丧地坐在地上，看着硬邦邦的生地愣了半天，快中午时，扛着锨回到家里。

你叫我做的每一件事我都躲不过去，现在不做，将来还会去做。

母亲，我面对的依旧是你几年前让我去开的那块荒。我依旧像几年前那样慌乱无措。

吃早饭时，我一直低着头不敢看你，也不敢看我的几个兄弟，他们眼巴巴地望着我，想让我回答什么。母亲，只有你看出来了。我的脸上依旧是几年前从荒地回来时的那副表情。

芥，我看见母亲叫过你，低声地问着什么。你一脸羞红，不时摇头或点头。早晨的阳光温和地照着院子，我浑身燥热，坐立不安，几个兄弟放下碗筷，正收拾农具下地。其中一个有意碰了一下我立在墙根的铁锨，锨倒了，我起身去扶。我是善用镰刀的人，你们却让我使锨。

我要在地上挖个洞。

挖个坑。

挖口深井。

我想着有个东西就像锨把一样粗硬起来。我回过头，看见母亲把嘴贴在你耳朵上很神秘地说了句什么。

你一直没告诉我母亲对你说的那句话。母亲从没那样神秘地对我说过什么，她有很多儿女，不能单独把某些话语告诉其中一个，她的每句话都是说给每个儿女听的。她一定想通过你把一句隐秘的话悄悄传给我，你却把它隐藏了，不向我透露一个字。

芥，你知不知道，有很多年，我每夜在你身上翻找，一遍又一遍，不放过一个隐秘处，每个地方我都想进去。我想象母亲的那句话已被你藏在身体的某处，我要找到它。从那时起我就不再吻你的嘴唇，我把所有的热情用在别处，我想感动它们——我能感动它们。你的嘴唇不告诉我，我就问你的手指和眼睛，问你的肚脐，问你的头发和脚后跟，它们会说话，你的嘴说不出来的，无法表述的，它们会表达得生动而美丽。

村子里忽然响起男人和女人在一起时发出的那种呻吟。从路旁那些黑洞洞的窗口飘出来，空气被这种声音搞得湿乎乎的。

我记得以前村里没这种声音。那时的夜是多么安静。大人们悄无声息地行着房事，孩子们悄无声息地做着梦。不断走失的人让剩下的人感到了生育的紧迫。

多少年来村里的男人女人虽是面对面、眼对眼、嘴对嘴、心对心地做那事，但都是黑灯瞎火，有天没日。从窗户门缝透进点星光月光，也是朦朦胧胧，不明不白。只觉得稀里糊涂就有了一炕儿女，金童玉女也好，歪瓜裂枣也罢，都是一种方式出来的。先是一对男女在黑暗的大土炕上摸到一起，而后是一尾精子和一尾卵子在更加黑暗的母体内摸索到一起。一个人从孕育到出生都是这么荒唐和盲目。

全不像种地，先分清种子。种瓜得瓜，种豆得豆。传宗接代的事却由不得你，种子撒出去，五花八门，谁知是些啥货色，管它饱子、秕子、病子，千万粒种子最后只发一个芽，结一个果。却不见得是最好的。

芥，我给你的都是秕子吗？都是存放经年的陈腐老子吗？很多年间我不分季节地播种，我在一小块地上撒了那么多种子，竟没一个发芽的。是饥饿的你把我所有种子当口粮吞吃了，还是那块地里只长芳草。芥，你记不记得那个夜晚我提一把镰刀上炕，我把镰刀握在手里。你疑惑地看着我。我要把镰刀带进梦里。我要梦见你的那一块地。我要割光地里所有的草，让我的种子发芽长出粮食。

一个秋天的下午，我终于在一户人家的窗台上找到了我的镰刀。它被磨得只剩下一弯废铁。

这户人家看样子是喂牲口的，房前屋后垛了从远远近近的野地里割来的荒草，我的那捆草肯定压在这些高高的草垛中间，要是能翻出来，我会一眼认出它的。我捆草的方式跟谁都不一样。每一捆草上我都做了只有我能看出的记号。我暗暗在我经手的每件事情上都留下自己的痕迹，甚至在鞋底上刻上代表我名字的一个字，我走到哪里，就把这个字印到哪里，在某些关键地段，我有意把脚印踩得很深，我这样做只是为了多年后当我重返这片荒野时，能清晰地看到自己生活过的痕迹。很早我就预感到我还会来到这片荒野上，还会住进黄沙梁，不是我一个人，而是一大群，那时的我作为曾经人世的向导，走在浩浩荡荡的人群前面，扛一把铁锨指指点点。我引他们走我走过的长短路途，经历我经历过的所有事物，他们不会比我做得更出色。

我房前屋后转了一圈，没见一头牲口，人也不知干啥去了，门窗敞开着。我想喝口水，可是水缸是干的，院子中间的一棵榆树，也像枯死多年了，树杈上高高地吊着只破马灯，足有两个人那么高。我想是树很小的时候，这家人把马灯挂在树枝上，坐在树下的灯影里一夜一夜地干着一件事。后来树长高了，马灯跟着升到高处。在这个谁也够不着的高度上马灯熬干灯油，自己熄灭了。这家人的活干完了没有呢?

枯树下面是一驾只剩一只轱辘的破马车,一匹马的骨架完整地堆在车辕中间。显然,马是套在车上死掉的,一副精致的皮套具还搭在马骨头上。这堆骨架由一根皮缰绳通过歪倒的马头拴在树干上,缰绳勒进树身好几寸,看来赶车人把车马拴在树上去干另一件事,结果再没回来——或者来得像我一样晚。这期间榆树长了一圈又一圈……

我坐在一把吱吱乱响的木椅上,爱怜地抚摸着我的镰刀,我真心疼啊!是怎样的一个人把我的镰刀使唤成这样了。他用我的镰刀干完了本该由我去干的这些活,要不是找这把镰刀,我的草也会垛得跟这户人家的一样高。一把好镰刀,在别人手中经历了一切,变成一弯废铁,它干出的活成了别人的。我想了想,要干掉多少活才能磨废一把镰刀呢?干完这些活要花多少个年月。想着想着我惊愕了:这户人早已不在人世。

我不知道时间过去了多少年,也许我的一辈子早就完了,而我还浑然不觉地在世间游荡,没完没了,做着早不该我做的事情,走着早就不属于我的路。

亲人们一个个走掉了,村里人也都搬到别处,我的四周寂静下来,远远近近,没有人说话的声音,也听不到走路声。我在一个人的村庄进进出出,没有谁为我敲响收工的晚钟,告诉我:天黑了,你该歇息了。没有谁通知我:那些地不用再种,播种和收获都已结束。那个院子再不用去扫，尘土不会再飘起。树叶不会再落下。更没有谁暗示我：那个叫芥的女人，你不必去想念了。她的音容笑貌，她的青春，一切的一切，都在一场风中飘散。结束吧，世间还有另一些事情，等着发生呢。

走着走着剩下我一个人

开始天不是很黑。我们五个人，模模糊糊地向村北边走。我们去找两个藏起来的人。

天上滚动着巨石般的厚重云块。云块向东飘移，一会儿堵死一颗星星，一会儿又堵死几颗。我们每走几步天就更黑一层。

"我到渠沿后边去找，你们往前走。"

"曹家牛圈里好像有动静，我去看一下。"

我走在最前边。他们让我在前面走，直直盯着正前方。他们跟在后面，看左边和右边。

天又黑了一些，什么都看不清了。有一块云从天上掉下来，堵住了前面的路。刚才，他们说话的时候，我还看见村北头的缺口处，路从两院房子间穿过去，然后像树一样分杈，消失在荒野里。那时我想，我最多找到那个缺口处，不管找到找不到，我都回家睡觉去。

走着走着突然剩下我一个人。后面没脚步声了。我回头看了一眼，刚才说话的两个人，连影子都不见了，另外两个不知啥时候溜掉的。村子一下子没一丝动静。我正犹豫着继续找呢，还是回去睡觉，也就一愣神的工夫，风突然从天上灌下来，轰的一声，整个地被风掀动，那些房子、圈棚、树和草垛在黑暗中被风刮着跑，一转眼，全不见了。沙土直眯眼睛，我感到迷向了。风把东边刮到西边，把南边刮到北边，全刮乱了。

"方头。"

"韩四。"

我喊了几声。风把我的喊声刮回来，啪啪地扇到嘴上。我不敢再喊。天黑得什么都看不见。我甚至不知道村子到哪儿去了，路到哪儿去了。想听见一声狗吠驴鸣，却没有。除了风声什么都没有。大概狗嘴全让风堵住了。驴叫声被刮回到驴嘴里。

我们从天刚黑开始玩捉迷藏游戏。那时有十几个孩子，乱嘈嘈的一群在地上跑。天上一块一块的云向东边跑。我们都知道天上在刮风。这种风一般落不到地上，那是天上的事情，跟我们村子没关系。头顶的天空像是一条高远的路，正忙着往更高远处运送云、空气和沙尘。有时一片云破了，漏下一阵雨。也下不了多大一阵，便收住。若在白天，地上出现像狗一样跑动的云影，迅速地掠过田野和房顶。在晚上天会更黑一层。我们都不太在意这种天气，该玩的玩，该出门的出门，以为它永远跟我们没关系。

可是这次却不同，好像天上的一座桥塌了。风裹着沙尘一头栽下来。我一下就被刮蒙了。像被卷进一股大旋风的中心。以往也常在夜里走路，天再黑心里却是亮堂的，知道家在哪儿、回家的路在哪儿。这次，仿佛风把心中那盏灯吹灭，天一下子黑到了心里。

我双手摸索着走了一会儿，听见那边风声很硬，像碰见了大东西，便小心地挪过去，摸到一堵土墙，不知是谁家的院墙。顺着墙根摸了大半圈，摸到一个小木门，被风刮得一开一合，我刚进去，听见门板在身后啪地合住。

在院子里走了几步，摸见一棵没皮的死树，碗口粗，前移两步，又摸到一棵，也光光的没皮。我停下来努力地回想着谁家院子里长着两棵没皮的树。我闭着眼想的时候，心里黑黑的，所有院子里的树都死了，没有皮。

再往前走几步，摸见房子，接着摸见了门。我在门口蹲下身，听了好一阵，屋里啥声音都没有。直起身，拍了一下门。想叫醒这户人，说我迷路了，让他们送我回去。只轻拍了一下，门的响声把我吓坏了。过了很久，我才把手再伸过去，刚触到门上，咯吱一声，门开了。我以为是房主人开的门，站在门口愣了半天，确定没人出来，才小声地说了句："有人吗？"没人回答。

往外跑时，我又碰到那棵没皮的死树。或许碰到另一棵没皮的死树。再没找到那个小院门。顺院墙摸了一圈，门像被人堵掉了。扶着墙跳了几下，也没够着墙头，倒扒下来半截土块，酥酥的，掉在地上摔成了碎末。再往前摸，摸见墙上一个头大的洞，伸手扒了几下，感觉一股风夹着沙土直灌进来。

后来——第二天和以后的那些年，我都再没找见这个长着两棵死树的院子。到现在我也不知道它是谁的家，到底在哪儿。可能我在黑暗中摸到了村庄的另一些东西，走进我不认识的另一个院子。它让我多年来一直觉得，这个我万分熟悉的村庄里可能还有另一种生活隐暗地存在着。

走着走着剩下一个人。在这个村庄的夜里谁都会走到这一步。前后左右突然没有了人声。黑暗成了你一个人的。

这只是无数场游戏的结局之一。每一场捉迷藏游戏的最后，都以一个人找不到所有的人而宣告结束。有时七八个，找另外的七个。被找的人藏在村子的隐秘处，藏得严严实实。找的那伙人却悄悄溜回家睡觉去了。被找的人屏声静气，从前半夜藏到后半夜。开始时怕被找见，藏得又深又静，后来故意露出些破绽，想让人快快找见。再后来干脆跑到马路上，大喊"我在这里"。村子里空空的，连狗都不应一声。也有时藏的人商量好悄悄溜回家去了，让找的人满村子翻找。还有一种情形，藏的人和找的人都溜走了，村子里只剩下月光和风。

更多时候，一群人说好到村外的旧庄子或更远的河湾去玩。

总有一个走在前头的。窄窄的路上人排成一长溜子。人在朝远处走的过程中逐渐少了。一会儿一个人往路旁草丛里一蹲，不见了。一会儿另一个往旁边渠沟里一趴，没有了。等走在最前面的人觉察出身后没动静时，他已走得足够远，或已经走到了河湾深处。回过头身后没有一个人，天突然加倍地黑下来。

夜里说的话都可以不算数。

玩过多少年、多少代之后，捉迷藏成了一种无法失传的黑暗游戏，它把本该由许多人承受的一个瞬间的黑全部地留在玩过它的每一个人心里。

从那个墙洞钻出来我再没摸见墙和房子。天好像又黑了一层。记得自己掉进一个坑（或渠）里，爬上来时地平坦了些，我以为走到路上了，朝地上摸，摸见一只脚印，两寸多深。顺脚尖方向摸去，又摸到一只。又一只。在白天我很少看见这样清晰的一行脚印，除非在冬天，雪刚停，先出门的人会踩出单独的一行脚印。平常人和牲畜的脚印混在一起，不是人的脚踩进牛蹄窝里，便是羊蹄子踏入人脚坑中。不知道留下这行脚印的人正走向哪里，我不敢跟着他走。他是一个人。走到剩下一行脚印时，肯定远离了很多事情。我站起身黑黑地瞎走了一阵，觉得腿被草绊住，俯身摸见一棵干草，手被刺了一下，是一棵铃铛刺，这才清醒过来，我已经到村外了。

许多年后我回想这个迷路的夜晚时，想起黑暗中的那些杂草和铃铛刺，它们张开手臂留住了我。没有它们我便昏天黑地地走下去了，在荒野中被狼吃掉，或者走进另一个村庄，再回不来。

早几年村里丢过两个孩子。都是夜里丢掉的。有人说被狼吃了。可是找遍荒野都没找到一根骨头。肯定被别的村庄的人偷走了。荒野西边的沙漠里有一两个小村子，听说那里的水有毒，女人喝了生不出孩子，只有让男人上别处偷。背个麻袋，天黑时混进村子，盯住一个玩耍的孩子，趁别人不注意，一把抓住塞进麻袋里背走。他们早准备好了名字，一到家便让孩子叫娘认爹，哭喊也没用。那个村子比黄沙梁更荒远，再大的声音也传不出来，连炊烟都飘不出来。不管你八岁还是十岁，他们会让你像从一岁开始，给你喂奶，抱在怀里亲。反复喊他们给你起的名字。重新让你学走路。你以前走路先出右脚，他们就让你先迈左脚。让你满口的牙换掉重长，头发剃光重长，指甲剪秃重长。直到你完完全全长成他们庄子里的人，把以前的生活遗忘干净。

不知又走了多久，我又摸到一户人家的房子。又不像是房子，一堵很长很长的墙，很久没走到头。这是什么地方。村里从来没有一堵这么长的墙。或许我绕着一院房子走了好多圈。我在黑暗中觉察不出墙的拐角处，那些墙角全是圆的，白天猪、羊、牛、马在墙角上蹭痒，几乎把村里所有的墙角都蹭圆了。

还摸到一个小窗户，关着的，手伸过去感到窗框木缝中丝丝缕缕的热气。这是谁家的小窗户呢？扒着窗台站了好一阵，想听见里面人说一句梦话。没有。

许久以后的一个夜晚，我睡不着，听见一条狗围着房子一圈一圈地转。我不知道它要干什么，仿佛我们丢失多年的一条狗在夜里回来了，它找不到门，找不到窗户，只有不停地转。我想起来去看看，却动不了身，胸脯被什么东西压住，也叫不出声。我想起那户无梦人家静悄悄的睡眠，那个夜晚，他们或许一样没有睡着，一家人眼睁睁地躺在炕上，听一个人围着他们的房子走了一圈又一圈。

约莫后半夜，我快要睡了，被撞了一下，是一个粗木桩。之前我还摸到一条狗身上，狗竟没叫。天黑得连狗都没有了知觉。

木桩上绑着一根麻绳，细细的，顺着绳摸去，是一颗牛头，牛一动不动，鼻孔里的气沉缓又均匀。顺着绳摸回来，摸到木桩上的树疙瘩，脚踩上去往上摸，有一个斜杈，滑溜溜的，杈的根部一道斜斧印，已经磨蹭得不刺手——这是韩三家的拴牛桩。一下我全清楚了，仿佛心中的灯哗地全亮了——我和韩三经常在拴牛桩上玩，我最喜欢吊在那个横杈上晃动着身子，有时攀着木桩爬上去，有时站在卧躺的牛背上，一纵身抱住木头。横杈直指的方向，过一条马路，就是我们家院子。

我走着走着突然啥也看不见，眼前一片黑暗。我努力地想着前面的路，突然消失的那些人和事物，着急地喊他们的名字，手胡乱摸索着。两手漆黑。

我知道迟早我会走进那片彻底的黑暗里。它是我一个人的漫漫长夜，说不定什么时候会突然降临。我不会在那样的黑暗中，再迎来光明。太阳永远地照耀到别处。

到那时我会再一次想起那个拴牛的榆木桩，想起它根部让人踩脚的木疙瘩、半腰处斜伸的那个横杈，我会沿着它的指向一直走回家。我会摸到院门、门上的木纹和板缝，手伸进去，移开顶门的木棍，我会摸到铁锨、挂在墙上的镰刀和绳子，摸到锅台、锅台上的碗、碗沿的豁口和饭迹，摸到掉在桌上的一粒米、一小片馍馍。

当我黑黑地回到家里，没人知道我已经回来，就像没人知道我曾经离开。门静静推开又关住。我蹑足走过梦中的家人，在大土炕的一角悄悄躺下，这时我听见那场天上的大风，正呼啸着离开村子。那些疯狂摇动的树木就要停住，刮到天空的树叶就要落下来，从这个村庄，到整个大地，无边无际的尘埃，就要落下来了。

一个人的影子

昨天清早，在渠边村村头时，我注意看了我的影子。

太阳没出来时，半个地球都在阴影里。那是大地本身的阴影，就像一个人的后背，在他前胸的阴影里。

可能过去是凉爽的，却不寒冷。我有时能看见大半个村庄的人，坐在凉爽的过往年月里，不愿出来。在今天的太阳底下干活的，只是极少数。他们打的粮食，也都贮存进回忆里。

我看见自己的影子——确切地说，我从地上重重叠叠的阴影中，分辨出自己的影子时，太阳已经露出沙梁了。我的影子和那根歪木桩的影子，还有沙梁下一棵杨树的影子，并排穿过村头的大片空地，穿过马路、路那边的棉花田，一直伸到我不知道的遥远处。

从这儿向西几十公里是小拐，再一百多公里是克拉玛依，再过去上千里的茫茫戈壁，便是过去的俄罗斯帝国的版图了。早晨，一个人站在村头，想着自己的影子已经越过千山万水，伸展到自己终生都不能到达的遥远天地。

一头牛会不会也这样想。

一个人，拖着自己都不知道多长的影子来回地走——扛锨去浇地，或者赶牛车拉草。会不会把本来不轻松的生活变得沉重无比。

生活中最重的负担在人的思想里。

人一旦被想象中的活累趴下，眼前的一捆草也会没力气举起。

活干完的人坐在阴凉里。在那里，做完的每件事情都又静静地开始了，不扬起一粒尘土。

而渠边村的现实：太阳升起。没有牛拉不动的车，也没有人过不去的日子。唯一的意外：太阳升高，我无限伸长的影子一点点缩短——它那么遥远地返回时，我已不在这里。

但那根木桩，沙梁下的白杨树，会一动不动地等待自己的影子回来，在身底下待一会儿，又朝另一个方向缓缓走去。

今生今世的证据

　　我走的时候，还不懂得怜惜曾经拥有的事物，我们随便把一堵院墙推倒，砍掉那些树，拆毁圈棚和炉灶，我们想它没用处了。我们搬去的地方会有许多新东西。一切都会再有的，随着日子一天天好转。

　　我走的时候还不知道向那些熟悉的东西去告别，不知道回过头说一句：草，你要一年年地长下去啊。土墙，你站稳了，千万不能倒啊。房子，你能撑到哪一年就强撑到哪一年，万一你塌了，可千万把破墙圈留下，把朝南的门洞和窗口留下，把墙角的烟道和锅头留下，把破瓦片留下，最好留下一小块泥皮，即使墙皮全脱落，也在不经意的、风雨冲刷不到的那个墙角上，留下巴掌大的一小块吧，留下泥皮上的烟垢和灰，留下划痕、朽在墙中的木橛和铁钉，这些都是我今生今世的证据啊。

我走的时候，还不知道曾经的生活，有一天会需要证明。

有一天会再没有人能够相信过去。我也会对以往的一切产生怀疑。那是我曾有过的生活吗？我真看见过地深处的大风？更黑，更猛，朝着相反的方向，刮动万物的骨骸和根须。我真听见过一只大鸟在夜晚的叫声？整个村子静静的，只有那只鸟在叫。我真沿那条黑寂的村巷仓皇奔逃？背后是紧追不舍的瘸腿男人，他的那条好腿一下一下地捣着地。我真有过一棵自己的大榆树？真的有一根拴牛的榆木桩，它的横权直端端指着我们家院门，找到它我便找到了回家的路。还有，我真沐浴过那样恒久明亮的月光？它一夜一夜地已经照透墙、树木和道路，把银白的月辉浸渗事物的背面。在那时候，那些东西不转身便正面背面都领受到月光，我不回头就看见了以往。

现在，谁还能说出一棵草、一根木头的全部真实。谁会看见一场一场的风吹旧墙、刮破院门，穿过一个人慢慢松开的骨缝，把所有的风声留在他的一生中。

这一切，难道不是一场一场的梦？如果没有那些旧房子和路，没有扬起又落下的尘土，没有与我一同长大仍旧活在村里的人、牲畜，没有还在吹刮着的那一场一场的风，谁会证实以往的生活——即使有它们，一个人内心的生存谁又能见证。

我回到曾经是我的现在已成别人的村庄。只几十年工夫，它变成另一个样子。尽管我早知道它会变成这样——许多年前他们往这些墙上抹泥巴、刷白灰时，我便知道这些白灰和泥皮迟早会脱落得一干二净。他们打那些土墙时我便清楚这些墙最终会回到土里——他们挖墙边的土，一截一截往上打墙，还喊着打夯的号子，让远远近近的人都知道这个地方在打墙盖房子。墙打好后每堵墙边都留下一个坑，墙打得越高坑便越大越深。他们也不填它，顶多在坑里栽几棵树，那些坑便一直在墙边等着，一年又一年，那时我就知道一个土坑漫长等待的是什么。

但我却不知道这一切面目全非、行将消失时，一只早年间日日以清脆嘹亮的鸣叫唤醒人们的大红公鸡，一条老死窝中的黑狗，每个午后都照在（已经消失的）门框上的那一缕夕阳……是否也与一粒土一样归于沉寂。还有，在它们中间悄无声息度过童年、少年、青年时光的我，他的快乐、孤独、无人感知的惊恐与激动……对于今天的生活，它们是否变得毫无意义。

当家园废失，我知道所有回家的脚步都已踏踏实实地迈上了虚无之途。

刮了一夜大风。我在半夜被风喊醒。风在草棚和麦垛上发出恐怖的怪叫，像女人不舒畅的哭喊。这些突兀地出现在荒野中的草棚麦垛，绊住了风的腿，扯住了风的衣裳，缠住了风的头发，让它追不上前面的风。它撕扯，哭喊。喊得满天地都是风声。

我把头伸出草棚，黑暗中隐约有几件东西在地上滚动，滚得极快，一晃就不见了。是风把麦捆刮走了。我不清楚刮走了多少，也只能看着它刮走。我比一捆麦子大不了多少，一出去可能就找不见自己了。风朝着村子那边刮。如果风不在中途拐弯，一捆一捆的麦子会在风中跑回村子。明早村人醒来，看见一捆捆麦子躲在墙根，像回来的家畜一样。

每年都有几场大风经过村庄。风把人刮歪，又把歪长的树刮直。风从不同方向来，人和草木，往哪边斜不由自主。能做到的只是在每一场风后，把自己扶直。一棵树在各种各样的风中变得扭曲，古里古怪。你几乎可以看出它沧桑躯干上的哪个弯是南风吹的，哪个拐是北风刮的。但它最终高大粗壮地立在土地上，无论南风北风都无力动摇它。

我们村边就有几棵这样的大树，村里也有几个这样的人。我太年轻，根扎得不深，躯干也不结实，担心自己会被一场大风刮跑，像一棵草一片树叶，随风千里，飘落到一个陌生地方。也不管你喜不喜欢，愿不愿意，风把你一扔就不见了。你没地方去找风的麻烦，刮风的时候满世界都是风，风一停就只剩下空气。天空若无其事，大地也像什么都没发生。只有你的命运被改变了，莫名其妙地落在另一个地方。你只好等另一场相反的风把自己刮回去。可能一等多年，再没有一场能刮起你的大风。你在等待飞翔的时间里不情愿地长大，变得沉重无比。

去年，我在一场东风中，看见很久以前从我们家榆树上刮走的一片树叶，又从远处刮回来。它在空中翻了几个跟头，摇摇晃晃地落到窗台上。那场风刚好在我们村里停住，像是猛然刹住了车。许多东西从天上往下掉，有纸片——写字的和没写字的纸片、布条、头发和毛，更多的是树叶。我在纷纷下落的东西中认出了我们家榆树上的一片树叶。我赶忙抓住它，平放在手中。这片叶的边缘已有几处损伤，原先背阴的一面被晒得有些发白——它在什么地方经受了什么样的阳光。另一面粘着些褐黄的黏土。我不知道它被刮了多远又被另一场风刮回来，一路上经过了多少地方，这些地方都是我从没去过的。它飘回来了，这是极少数的一片叶子。

风是空气在跑。一场风一过，一个地方原有的空气便跑光了，有些气味再闻不到，有些东西再看不到——昨天弥漫村巷的谁家炒菜的肉香。昨晚被一个人独享的女人的体香。下午晾在树上忘收的一块布。早上放在窗台上写着几句话的一张纸。风把一个村庄酝酿许久的、被一村人吸进呼出弄出特殊味道的一窝子空气，整个地搬运到百里千里外的另一个地方。

每一场风后，都会有几朵我们不认识的云，停留在村庄上头，模样怪怪的，颜色生生的，弄不清啥意思。短期内如果没风，这几朵云就会一动不动赖在头顶，不管我们喜不喜欢。我们看顺眼的云，在风中跑得一朵都找不见。

风一过，人忙起来，很少有空看天。偶尔看几眼，也能看顺眼，把它认成我们村的云，天热了盼它遮遮阳，地旱了盼它下点雨。地果真就旱了，一两个月没水，庄稼一片片蔫了。头顶的几朵云，在村人苦苦的期盼中果真有了些雨意，颜色由雪白变铅灰再变墨黑。眼看要降雨了，突然一阵北风，这些饱含雨水的云跌跌撞撞，飞速地离开村庄，在荒无人烟的南梁上，哗啦啦下了一夜雨。

我们望着头顶腾空的晴朗天空，骂着那些养不乖的野云。第二天全村人开会，做了一个严厉的决定：以后不管南来北往的云，一律不让它在我们村庄上头停，让云远远滚蛋。我们不再指望天上的水，我们要挖一条穿越戈壁的长渠。

那一年村长是胡木，我太年轻，整日缩着头，等待机会来临。

各种各样的风经过了村庄。屋顶上的土，吹光几次，住在房子里的人也记不清楚。无论南墙北墙东墙西墙都被风吹旧，也都似乎为一户户的村人挡住了南来北往的风。有些人不见了，更多的人留下来。

什么留住了他们。

什么留住了我。

什么留住了风中的麦垛。

如果所有粮食在风中跑光，所有的村人，会不会在风停之后远走他乡，留一座空荡荡的村庄。

早晨我看见被风刮跑的麦捆，在半里外，被几棵铃铛刺拦住。

这些一墩一墩、长在地边上的铃铛刺，多少次挡住我们的路，剐烂手和衣服，也曾多少次被我们的镢头连根刨除，堆在一起一把火烧掉。可是第二年它们又出现在那里。

　　我们不清楚铃铛刺长在大地上有啥用处。它浑身的小小尖刺，让企图吃它的嘴，折它的手和践它的蹄远离之后，就闲闲地端扎着，刺天空，刺云，刺空气和风。现在它抱住了我们的麦捆，没让它们在风中跑远。我第一次对铃铛刺深怀感激。

　　也许我们周围的许多东西，都是我们生活的一部分，生命的一部分，关键时刻挽留住我们。一株草，一棵树，一片云，一只小虫……它们替匆忙的我们在土中扎根，在空中驻足，在风中浅唱……

　　任何一株草的死亡都是人的死亡。

　　任何一棵树的夭折都是人的夭折。

　　任何一只虫的鸣叫也是人的鸣叫。

最后时光

让我梦见自己，又在天上飞。

我曾无数次飘飞过的村庄田野，我那样地注视过你，记住你一草一木的眼睛，只有梦中才飘升到你上头，饱受你风吹雨淋的身体，将全部地归还给你。

当我成一锹土，我会不会比现在知道得更多。我努力地就要明白你的一切时，却已经成为你田野上的一粒土。下一个春天，我将被翻过去，被雨一遍遍淋湿，也将在一场一场的风中走遍你的沟沟梁梁。

那时，我或许已经是你的全部。

或许永永远远，只是你广袤田野上的沙土，在此后无尽的年月里，被像我一样的农人翻来覆去。

现在，让我再飞一次。

那是你的夜空，干净、透明。所有的尘埃沉落下去，飞得最高的草叶已经落回大地。我在这样的深夜，孤独地飞过这个镰刀状的村子。

我一回头，看见我前世的一双巨翅，深灰色的，像风中的门一样一开一合——我是否一直在用它的力量，在今生的梦中飞翔。

黄沙梁，当我忘记时间，没有把最后的时光留给你。当我即将离开，我会祈求你再给我完整的一个日子。

让我天不亮早早醒来，看见柴垛东边的启明星。让我听见第一声鸡叫，一出门碰到露水青草，再开一次院门，放进鸟和风。再摸一回顶门的木棍。

我拿过多少回的那根木棍，抓手处的木节都已磨光磨平。它的另一头我或许从未曾触摸，它抵着地的那头，多么遥远陌生。多少年，多少个天亮天黑反反复复的挪动间，我都没来得及把手伸到一根短短木棍的另一端——那个不经意的小弯，没脱净的一块粗糙树皮，哪年的一片灰黄油渍……让我小心地伸手过去，触到那头的土和泥，摸摸那个扎手的节疤和翘刺，轻轻抚过那道早年的不知疼痛的深深斧印。

我将不再走远。静坐在墙根，晒着太阳，在一根歪木棍旁把你给我的一天过完——这样平平常常的一天在多少年前，好像永远过不完、熬不到头。

最后，让我在最后的时光回到屋子里，点着炉火，像往常的每一次。无数次。

天已经全黑。

看不见的人此刻清楚明白地坐在家里。

看不见的路已到达目的。

我将顺着你黑暗中的一缕炊烟，直直地飘升上去——我选择这样的离去，是因为我没有另外的路途——我将逐渐地看不见你，看不见你亮着的窗户，看不见你的屋顶、麦场和田地。

我将忘记。

当我到达，我在尘烟中熏黑的脸和身体，已经留给你，名字留给。我最后望见你的那束目光将会消失，离你最远的一颗星将会一夜一夜地望着你的房顶和路。

那时候，你的每一声鸡鸣，每一句牛哞，每一片树叶的摇响都是我的招魂曲。在穿过茫茫天宇的纷杂声音中，我会独独地，认出你的狗吠和鸡鸣、你的开门声、你的铁勺和瓷碗的轻碰厮磨……我将幸福地降临。

春天多远

　　许多事情结束了。一只白瓷碗，一只盛过粗茶淡饭，还没有装满、没有一个细小裂纹的白瓷碗，被跳到锅头上的猫踩翻，跌落成碎片。一群羊饿死在春天。草啊，草啊。多远的春天。吊在树上的一个人，风摇着他摆。树没有枝叶可摆。吹刮死人的风又吹刮活人。活着的人，在风中不停喝几口风，吐出哀叹声气。风经过一群一群人逐渐变弱没有力气。一场风最终消失在荒野中、一村庄人的胸肺中，无声无息。一个人扛锨走出村子，三个人扛锨走出村子，五个人扛锨走出村子。人从不同道路走到荒野上。一棵歪榆树下，总共九个人。九个站着的人围着一个吊着的人，开始挖坑。挖到一人深，一个人举锨朝树上剁了一下，绳子断了，吊着的人直直掉进坑里，平展展躺倒。九个人把坑填平，余出些土，又补了几锨，堆起一个小土包。

　　我认识那个吊死的人。认识扛锨回来的那九个男人。认识那棵歪榆树。那年春天，树上光光的没长出叶子。一个人遇到什么事，他要吊死自己。一村庄人遇到了什么事，都忙忙碌碌。风一停我出去拾柴火，等我回来，灶里的火已经熄灭，他们不说话地呆坐着，像以往的那些中午和下午，我不知道发生了什么。门口不时有人匆匆走过，朝家里望一眼，又慌忙转头过去。我拿着绳子，着急地喊三弟、四弟。他们答应着跟我走出村子。风过后荒野中又出现许多柴火。那些被沙土埋没的树根树枝，又露出半截茬头来。我们每年在荒野中捡柴火，去过的地方再回去，还能拾到一些枝枝条条。也不知荒野中死了多少棵树。那年春天，整个荒野没冒一丁点绿，风刮到村里突然停住。一户人家吃光粮食，面袋抖了三遍，灶上空沸的半锅水，浮着几片枯叶。七八个人，面朝东坐在院子里，一口一口喝风和空气。不远的荒野中，一窝老鼠躲在阴深洞穴，分食最后的麦粒。它们终于熬过长冬，一个个皮包骨头。吃完最后几粒麦子，它们便要倾穴而出，遍野里寻找吃食。落到地上没埋住的草籽、没有落地的草籽、鸟吃剩的草籽，都是老鼠的食物。

　　我见过一只老鼠抱着一棵草，摇来摇去，落下七粒草籽。老鼠一粒一粒地捡起来，找个干净地方，堆成一小堆。它吞一粒在口中，嘴动了两下，又突然停住，像舍不得吃，又吐回到小堆上。老鼠仰头看一眼，还有两粒草籽缀在枝头，抱着草使劲摇几下，还是不肯落地。老鼠累坏了，坐地上缓口气，然后围着草根咬一圈，站起来一推，草倒了，最后两粒种子成了老鼠的食物。

春天来得越迟，大地上便越没有生机。一片荒野绿与不绿，有时不取决于春天而取决于荒野中的一窝老鼠。天热前它们将遍野草籽吃光，春天就会白来到这里。太阳空照一年四季。草啊，草啊。人像呼唤亲人一样呼唤草木。掉在某个窄深地缝没被鸟看见被老鼠找见的一粒草籽，终于长出独独绿绿的一枝。一群羊朝它拥过去，一群牛朝它奔过去，一个提镰刀的人朝它跑过去……多远的春天啊！而那年春天，绿草长满荒野，那窝老鼠没出来，全淹死在洞里。被牛的一泡尿淹死。

我认识那头牛。王占元家的。黑牛。我拾柴火时它在荒野上觅草吃。转了一大圈，肚子瘪瘪的，脊背刀刃一样，人骑上去能割烂屁股。我抱着几根柴，朝它回来的那片坡梁上走，迎面时它望了我一眼，我望了它一眼，过去七八步了我听到身后哞的一声，转身看见牛还扭头望着我，像在对我说前面什么都没有。

果真没有。

我抱着那几根柴返回时，牛已下了趟河湾，饮了一肚子水上来，站在一个开满鼠洞的土堆上，两眼茫茫地朝远处望。

我站在它身后望着。

我记住了那个下午，一直记着。记住缓缓西斜的落日，它像个宰羊的，从我身上剥下一层皮，扔到地上，我感到了疼，可惜地看着自己的影子被越扯越长，后来就没感觉了。天上一片昏黄，全是沙土。风突然停住。那些尘土犹犹豫豫，不知道该落下来还是继续朝远处飘移。我恍恍惚惚地站着，仿佛自己刚落下来，挨着地，又倏地要飘起。

多少年后我想起的，是这样一件事。我回来，门口一片潮湿。全是水迹，我探进头，里面充满难闻的气味。我不知道发生了什么。门口深陷着几个巨大蹄印。我小声地叫喊着，里面又黑又滑。几块泥土塌落下来，几乎把路堵死。我边叫边朝深处走，没有一声回应。仓房空荡荡的，望不到另一头。以前作为作坊的那片空地上，扔着几片发黄的麦壳。我趴在那个垂直洞口往下看。啥也看不见。我记得收获季节，剥干净的麦粒就从这个洞口垂落到底仓。我退回来，从一个拐角处往下走，险些滑倒，脚紧抓着地，几块土从我前面滚落下去，过了好一阵，滚到底了，再没声音。我小心地往下走，拐了一个弯，又拐了一个，然后往下滑了几步，一切都看清楚了，它们全躺在那里，有几十个，或许更多，浑身湿漉漉，每个嘴边堆放着两粒麦子，已经泡得发涨，像很快会发出芽子。

我是怎样记住了这些，用谁的眼睛看见这一切。仿佛我是那一窝老鼠里的一个，事情发生时我出去晒太阳了。春天的荒野上找不到一点吃食。走好远才是去年的麦地。去年，我们在麦地边的家已成废墟。他们挖开洞，取走麦子、麦穗，还有干干净净的麦粒。远远地，我们围成一圈，跳着哭喊着看他们拿走麦子。有几个不想活，头夹在枝杈上吊死了。我们收拾残余的麦粒，也是这时候，天快黑了，我们一长队，带着劫剩的麦粒远远地走了。我再不敢朝那边去，从麦地到荒野，我们留下一条路，是要记住再不朝那边去。我绕到河边，爬到一个小土堆上，抬起前肢踮着脚望了望河对岸。那片从没去过的荒野仿佛是另一处家园。我曾站在那个青褐色的土堆上久久地望过这边？我曾在土堆旁那墩灰色的矮蒿下生活过多年？

等我回来，一切都结束了。

他们分食最后的麦粒，分给我两粒或三粒。叫我的名字，没有回应，又叫一声。里面一片寂静，所有声音都停住，等候一个声音。

没叫第三声。把分给我的麦粒堆放到一边，接着往下分。一个跟着一个，嘴对着屁股。"你踩住我的尾巴了。"偶尔谁说一句。分完了，每个嘴边抱两粒麦子，都不吃，前爪伏地围成一圈，眼睛骨碌碌相互看。

分给我的那两粒孤孤地堆在中间。

屋顶在这时候震动起来，使劲往下落土。他们不敢动，围成一团躲在最里面，不知道外面发生的事情——一头牛站在土堆上，肚子里全是水，哗啦啦响。它不知道土堆里面有一户老鼠。它昂着头，想看看春天还有多远。

一个人站在它后面，也在看。

十多天后，那头牛也死了。被青草胀死的。它在荒野中睡着，不知睡了多久，等它醒来，整个荒野被绿草覆盖。它以为在梦中，哞了一声，又哞一声。它没听见自己的叫声。其实它已经羸弱得叫不出一点声音。

它扭过头，无力地吃了几口草，突然有了精神，摇晃着站起来。嘴抵着草地一顿猛吃。吃饱了又下到河里饮了一顿水。它忘记了这是春天的绿草，枝枝叶叶都蓄满了长势。吃饱了这种草是千万不能饮水的。那些青草在牛的肚子里又长了一大截子，牛便撑死了。

那年春天，这头牛瘦弱得没力气拉车耕地，王占元家又没草料喂它，便赶牛出圈，让它自己找生路。

牛的尸骨堆在荒野里，一天天腐烂掉。先是内脏、肉，最后是皮。许多年后我经过荒野——我成为一只鸟、一只老鼠、一片草叶、一粒尘土经过这里，还看见那些粗大的牛骨，一节一节散扔着，头不认识脖子，后腿不记得前腿，肋骨将脊梁骨忘在一边。曾经让它们活生生连在一起，组成跑、奔、喜怒和纵情的那个东西消失了，像一场风刮过去。突然停住。

我目睹许许多多的死。他们结束掉自己。

我还没看见自己的死。从那个春天的道路一直走下去，我就会看见自己的死。那将很远，得走很长一阵子。到达之前我会看见更多的死。我或许仍不会习惯。

当我渐渐地接近它时，我依旧怀着无限的惊恐与新奇。就像第一次接近爱情。

死亡是我最后的情人，在我刚出生时，她便向我张开了臂膀。最后她拥抱住的，将是我一生的快乐、幸福，还有惊恐、无助。

不能改变的东西

难得的一个大晴天，我被透过窗户的阳光照醒。

我知道在这里许多年间的许多人和事情，都是这样被太阳缓缓照醒。没有谁去单个地唤醒他们。

摄制组什么时候出去的我都不知道。

这个早晨，在我沉沉的睡梦里，他们把镜头对向了哪几处我司空见惯的景致？

一千个早晨我不醒来大地还会是以往的样子。没有谁能够改变这个地方的日出。

人们能做到的仅仅是，在长草长庄稼的土地里盖几幢新房子、栽几根电线杆、修几条新马路这样的露水小事。

而我能做到的也仅仅是，把不能被改变的一切深藏心中，当人们改变了整个世界，在一千一万个这样的早晨里，我照着阳光，吸着新鲜熟悉的空气，说出那些永远没有改变的东西——千万年里丝毫不变的一切。

我挡住了什么

又刮起了风，天空什么都没有。这片大地早已经被风搜刮干净，只剩下土。那些残墙上的土，一点一点地被风抠下来，刮走，让我看着心疼。我知道我无法阻止——许多年前我把房后的一棵榆树移到房前面，把一群纷拥向西的羊迎头拦住，赶向东边河湾的草滩时，我以为我能改变许多东西，能阻挡住那些事物的流散与消逝。

我确实曾经阻挡住了什么。至少，我止住了自己的心，让它永远留在这个村庄里。我止住了日渐淡忘的记忆——我不能留住的，我扔在风里。这个世界无法留存的，我存放在心中。我不管别的。我心中只存放一个村庄，完完整整，那些牲畜、人、草木、阳光雨水和脚印，连夕阳下弥漫的尘土都一粒不少。

我走过院子，站在以前院门的豁口处时，吹到身上的风突然猛烈了，风扯我的衣服，往后扭我的头，发着狂要把我推开——许多年前的那些深夜里，风就是这样在推刮那两扇院门。它们支撑不住了，猛地敞开，风呼啸着灌进院子，踢翻地上的筐，扯走绳子上的衣服，一把一把撕垛上的干草往天上扔……院门拼命扇动、啪啪直响，像个吓傻的人乱挥着双手大声喊叫：风进院子啦！风进院子啦！

我们在梦中迷迷糊糊听到喊声。"院子里有响动。"三弟拿脚蹬醒我。我推醒大哥。大哥压低嗓子喊父亲。

母亲醒来了，正摸火柴点灯。

多少年后我知道那扇风中的院门承受了什么。现在，几乎所有的院墙不复存在，院门消失。村庄大敞在旷野。只有不多的一些旧土墙仍在阻挡和挽留着什么。

我想再看一眼这个村子。我真的该离开了，村里已经没有我的事情。他们一车一车往家里收东西，拉过去一车苞谷棒子，运过去一车草，再拉过去一车苞谷秆。我站在路边，闲甩着手。

他们见了我总要拉一把牛缰绳，车停下来跟我说几句闲话。有时牛不愿意停，一甩头，走过去几丈远才慢腾腾停下。

"到房子里去吗？"他们对我喊。

"不了，我没事，快忙你的吧。"我说。

"也没啥忙的，就一点点粮食。"他们说着车又开始走动了。

我让他们的收获迟缓了一会儿。我轻脚慢踏地走过村庄，走向那片田地时，还是惊动了他们。他们停住摘棉花的手、掰苞谷的手、割草平埂子的手，目光迟疑地望着我——秋天在这一刻慢了下来，像一辆车缓缓停住，其他地方的秋天如期运行，为同样一点点粮食，那里的人们忙个不停。只有在黄沙梁，这车装得满满的玉米棒子会晚几步走进院子。那几朵雪白的棉花在人手边多开放了一会儿。剩在地里的半车棒子会多等一阵子，或许会留在地里过夜。

我一个人站在路边，就让一个村庄的秋收稍稍推迟。

那时候，许许多多的树木站在村里村外，许许多多的墙和门，许许多多的人和牲畜，它（他）们延迟了什么，让早该发生的哪些事情，迟迟没有发生。

每一场风后，看那些偎在墙根院角没有刮跑的土、草叶、布条、虫子和鸡，我就知道村庄留住的比这更多。

而我，只留住了一个村庄。

人无法忍受人的荒芜

家园荒芜

我背着一捆柴火回到家，院门敞开着，地上落满了好几个秋天的树叶。我放下柴，喊了声"妈，我回来了"。又喊了声"大哥"。院子里静静的，没有一个人答应。我推开房门，里面空空的，像是多少年没人居住。我走到村中间的马路上，看见前后左右的邻居都盖了新房，红砖碧瓦。我们家的房子又矮又破旧地夹在中间……

这是我几年来经常重复做的一个梦，梦中的家就在我十七岁以前生活过的一个叫黄沙梁的村庄。

尽管我离开黄沙梁已有十多年，但在所有的梦中，我都回到这个偏远的小村庄，不是背一捆柴回到家，便是扛一把铁锨站在地头，看着我们家那块地荒草萋萋，夹在其他人家郁郁葱葱的粮田中间。虽然我们家从黄沙梁搬走时，那块地已分给别人去种，但在我的梦中它一直荒弃着。年复一年，别人家的地里长着高高的玉米和金黄的麦子，我们家的地里一棵苗都没有。多少个梦中我就站在那块荒地中，茫然无措，仿佛来晚了，错过了季节，又仿佛没有。我的几个兄弟也都被类似的梦折磨着，似乎那片土地一直在招呼我们回去，我们成了它永远的劳力，即使走得再远，它也能唤回我们，一个夜晚又一个夜晚地去干那些没干完的活，收拾那个荒芜已久的院子。

二

我常想，是我一手造成了这个家园的荒芜。我若不把全家从偏远贫穷的黄沙梁村搬到离县城较近的元兴宫村，又进一步地搬进县城，我的父母和兄弟们会留在村里，安安心心种好那块地，收拾好那院房子，至少不会让它荒芜。

假如我没考学出来，家里又会多一个帮手，一个不算强壮但绝对勤快务实的好劳力。若真那样，我们家的地里每年都会有一个好收成，麦子会比任何一家的都长得饱满整齐。那一地玉米会像一群壮实的大个子，每个秋天都高高壮壮地站在浩荡的田野中。房子有可能被翻新，瓦盖顶，砖铺地，宅院有可能扩大。

我们家东边早先有一块十几亩的空地，虽没有打围墙圈住，但父亲一直认为那块空地是我们家的。他一直占着那块地等着他的儿女们长大后去盖房筑院。

后来，经村长再三劝说，父亲才勉强同意给一户新来的河南人在那块空地上划了一角房基地。

在我的印象中父亲和我们一家始终不是那户河南人的对手。自从盖好房子后，那户河南人便得寸进尺，一点一点地占地，今年盖一个猪圈，明年围一个羊圈，后年又开一块菜园。两三年工夫，那块地差不多让他们占完了。为此，我们全家出动与那户河南人吵过几架，也打过几架，终未收回失地。那户河南人有两个壮实儿子，我父亲虽有五个儿子却都没成人。父亲只好咬牙切齿、忍辱负重地等待我们长大。

父亲认为我们长大后的第一件事，应该是把原属于我们家的那块地抢回来。

我们却让父亲彻底失望了。

当我们兄弟几个终于长到能抡锨舞棒地和那户河南人抗争的时候，由于已经成为事实，也由于成长这个过程太漫长，以至我们淡忘了许多陈怨旧事。再没人提起那块地的事。

只有父亲刻骨铭心地记着属于我们家的那块地，我看见他时常隔着院墙窥视。有一次他带着我翻过那户河南人的院墙，在院子的顶东边挖出他三十年前埋在地里的一块石头，告诉我，这就是我们家的地界，狗日的硬给占了。

　　那时我十四岁，正读初中。我明白父亲的用意。当他把那块挖出来的石头原原本本地埋进土里的时候，我便知道我再不能忘记这个位置，那块石头将从此埋在我心里。

　　至今我还时常追想父亲当年拿一把锨在长满蒿草的荒地上埋一块石头时的情景。那时他或许还没成家，但他想到了自己会儿女成群，家族旺盛。他要给子孙们圈一块地，他希望子孙们的宅院连着他的宅院，一连一大片。

　　那时村子刚刚建立，没谁约定他该圈多大的院子，占多少亩地。他凭自己的能力盖了幢房子，围了一个不小的院子，又在他的院子东边选好一块地，量出足够的亩数，把一块石头埋进去。

　　我们永远不会有父亲那样的经历了，永远不会有父亲当年那样的权利，随便在土地上埋一块石头，打一个桩，筑一段篱笆便认定这块地是他的。我们再不会有属于自己的土地和庄园，再不会有了。

　　十几年后的一天，当我回到阔别已久的黄沙梁村，眼前的景象竟让我不敢相信：无论我们家，还是那户河南人家的宅院都一样破败地荒弃在那里，院墙倒塌，残墙断壁间芦苇丛生。搬迁时我们家的房子卖给了光棍冯三，还勉强有两间没塌的破房子。只是房前屋后的树已死的死，伐的伐，剩下孤零零几棵了。那一园桃树也不见踪迹。只有我亲手用土块和木棒搭造的门楼，还孤挺在那里，虽然门面已不见，门框也只剩半边，但门楼挺立着，从下面看上去每根木棒每块土坯都那么亲切熟悉。那户河南人家的宅院则一片废墟，连堵完整的墙都找不到了。

这时，我又想起父亲埋的那块石头。不用我们兄弟动一拳一脚，这块地便谁的也不是了。它重新荒芜了。我们家和那户河南人家都搬到了县城。那户河南人在县城开了家饭馆，租的是别人的房子，他们再不会与谁争地、抢地了。整座县城都是别人的。

我好不容易在荒草和烂土块中找到父亲埋石头的位置。我没有挖出它，这块石头将没意思地埋下去，不知道父亲会不会时常想起它，但我相信他不会忘记。这块石头已作为父亲生命中最坚硬的一块骨头提前埋进土地中。父亲失去一个又一个家园后到了城里，他现在给一个建筑工地看大门，他晚上睡不着觉，便找了一个晚上不睡觉的差事。

多少个夜里，父亲眼睁睁看着一个跟自己毫无关系的工地，那些横七竖八的钢筋、砖瓦和冷冰冰的水泥制品，全没有他当年看守自家麦田时的那种温馨感觉。

父亲告诉我，这段时间他经常梦见有人叫他回去。就在前两天，他还梦见一个本村人给他捎话来，说我们家的地里长满了草，让他带着儿子们回去锄草。他告诉那个捎话人，我们家的地早给别人种了，我们家早就搬到城里不种地了。那人却说："地一直给你们家留着呢，那是你们家的地，你别想跑掉。"

每次睡醒后，父亲都会茫然无措地坐上好一阵。

三

大哥是个典型的知识型农民，他上学上到高中，虽没考上大学，但凭这点学历在村里一直从事记工员、会计之类的轻松活，这使他虽身在农村也多少脱离了日日下地干活的苦差。

在我的印象中大哥从小就不愿当农民，他的瘦弱身体也不适合种地这种苦力活。

按说，我们家搬到县城后，大哥从此可以与土地彻底绝缘。凭他的聪明，在城里随便谋个差事也会挣到钱。可是，他却一直没在城里找到一件称心的工作。就在前年，他又回到我们生活多年的那个乡村，和另一个农民合伙承包了四百亩荒地，打井、开荒，共投资十五万元。

两个身无分文的农民，靠借钱、贷款筹集了这笔钱，他们肯在一片不毛之地上花如此大的血本，冒如此大的风险真让人无法理解。

结果，因地开出得晚了，第一年只种了些葵花。甚至没等到它们长熟，当几百亩地中稀稀的几乎可以数过来的葵花开花的时候，大哥便背负几万元的债回到县城。

直接原因是那口投资十万元的机井打歪了（也幸亏打歪了，后来靠打官司补偿了一些损失），而最根本的原因是，那是一片压根种不出粮食的盐碱地。

几辈人都没看上没动过一锨一锄的一片荒地，大哥竟看上了，是因为这块地一旦开出来，在承包期的六十年里，他就是地主。也因为能垦种的好地早被人垦种了，轮到他时只剩下这些盐碱滩。大哥做梦都想有一片自己的土地，在地头建一个属于自己的庄园。多少年的农民生涯中他虽收过不少粮食，但他总觉得，在种别人的地。一块地种不了几年又会落到别人手里。

大哥花了一年多时间，开得好好的，整得平展展的四百亩地，从此将一年一年地荒芜下去，再不会有人去种它，谁都清楚了：这块地确实种不出粮食。

过不了一两年，那些开荒时被连根挖除的碱蒿子、红柳和铃铛刺，又会卷土重来，一丛一丛地长满这块地。但打起的埂子不会很快消失，挖好的水渠多少年后还会清晰地穿过土地，通到地头上那截树桩一样的锈钢管旁。那就是那口耗资十万元打歪的机井。

在广大农村，像这样成片成片被荒弃的土地太多了，看到它的人也许不会在乎，顶多把它当一片荒野。

只有垦种过它，最终扔掉它远走的那个人，把它当成一块地。

一块种荒的土地。

人对一片土地彻底失望时，会扔掉它去寻找另一片土地。对一个农民来说，只要有一丝希望，哪怕穷困潦倒地活下去，他也不愿离乡离土去寻找新居。因为他知道创家立业的艰辛。知道扔荒土地和家园的痛苦。

在大哥一生中的无数个梦中，他都会梦见自己扛一把锄头，回到那一望无际的四百亩荒地，看着密密麻麻的荒草中不见一颗粮食，他会没命地挥动锄头，越锄草越多，越锄越荒凉。每次梦醒后他都要呆呆地回想一阵。

那是他一个人的荒凉。他独自在内心承受着的四百亩地的一大片荒凉。尽管他最终可以不耕而食，在外面挣了大钱，干成了大事，但这种荣耀并不能一次性地抵消以往生活中的所有遗憾。他终生都会为当农民时没种好的那块地、没收回的那茬粮食、没制好的那件农具而遗憾，终生的奋斗可能都是一种对以往缺憾的补偿，但永远都不会补全。

上个月，我再去看大哥时，他似乎已从那片荒地上回过神来。他又借了一笔钱，买了一套电焊设备，在自家的院子里搭了个棚，搞起电焊营生。他终于对土地彻底失望了。他那双握惯锄把的手开始适应着握焊枪时，他的农民生涯便从此结束了。给他打下手帮忙的是我最小的一个弟弟，不到一个月工夫，他们已经能焊出漂亮标准的钢门钢窗了。

在院子的另一角，是四弟投资架设的一个小型炼铁炉，在我们兄弟五个中，他在农村待的时间最长，也是我们家唯一靠种地有了几个钱的人。我们家从元兴宫搬到县城后，留下他，带着媳妇和一个刚满周岁的孩子，守着那一大院房子。靠全家人留下的近百亩好地和牲口农具，他自然比村里那些人多地少的人家收入要高些，但他还是种不下去了。

一年一年的种地生涯对他来说，就像一幕一幕的相同梦境。你眼巴巴地看着庄稼青了黄、黄了青。你的心境随着季节转了一圈回到那种老叹息、老欣喜、老失望之中。你跳不出这个圈子。尽管每个春天你都那样满怀憧憬，耕耘播种。每个夏天你都那样鼓足干劲，信心十足。每个秋天你都那样充满丰收的喜悦。但这一切只是一场徒劳。到了第二年春天，你的全部收获又原原本本投入土地中，你又变成了穷光蛋，两手空空，拥有的只是那一年比一年遥远的憧憬，一年不如一年的信心和干劲，一年淡似一年的丰收喜悦。

四

四弟搬到县城后，我们家留在元兴宫的那院房子的卖与不卖在家里引起争执。

四弟搬家前已和一户村民谈好了房价。

父亲坚决不同意卖房，他说那个价钱太便宜，那么大一个院子，大大小小十几间房子，还有房前屋后的好几百棵杨树，都能当椽子了。

"哪有好几百棵树。"母亲反驳说，"别听你爸瞎说，前几天让他去砍几棵树来搭葡萄架，他还说树不成材，砍了可惜。才几天工夫就都成椽子了。"

我想，父亲最根本的意思是不想卖掉房子，对于他经营多年，每棵树每堵墙每寸土都浸透着他的汗水的这个宅院，卖多贵他都会嫌便宜的。

在他心中那一棵棵环家护院的杨树是多么高大、壮实啊！它在父亲心中的地位，我们这些离家经年的儿女怎能轻易揣测呢？

一个又一个炎热夏天，父亲从地里回来，坐在那些树叶的阴凉下，喝碗水喘口粗气。

一个又一个不眠之夜，父亲忍住腰疼腿疼，倾听树叶哗哗响动的声音，浮想自己的平凡一生。那些树叶渐渐在他心中变得巨大无比。

甚至家里的一草一木一土，都在父亲心中变得珍贵无比，你若拿一块赤金换他的一根旧锨把，他也未必愿意。

况且，这很可能是父亲一生中最后一个农家院子了。他在黄沙梁的院子卖给了光棍冯三。元兴宫这个院子刚刚收拾得像个家了，我们又搬到了县城。他再无力在另一片土地上重建一个这样大、这样温馨的宅院。对于他，这就是最后的家园，尽管它破旧、低矮、墙院不整。

父亲还是没有留住这个院子，随着儿女们的长大成人，父亲的话已显得无足轻重。我们家在农村的最后一座家园就这样便宜卖掉了，地也租给了别人。我们一大家人成了没有城市户口的城里人，没有地和家园的农民。在县城的边缘，我们买了两块宅地，盖起两幢我们家历史上迄今为止最高大漂亮的土砖木结构的房子，尽管房前也有一块菜地，屋旁也栽了几行杨树，但在我心中它永远无法和以前的那两个宅院相比。

或许多少年之后，它一样会弥漫浓郁的家园气息，在我们被生活挤到一边，失去很多不敢奢望久远的拥有时，会情不自禁地怀念我们家曾经坐落在城市边缘的这两院房子。而现在，它只是一个小小的穴，一个仅供生存的窝。

五

今年秋天的一个深夜，我从长途客车下来，穿过黑暗寂静的沙湾县城①，回到自己的家门口。

几个月前，我辞掉从事多年的乡农机站管理员的工作，孤身进入首府乌鲁木齐，在一家报社做编辑。每隔一个星期，我回来一次，和家人团聚。

我外出打工前，已经把家从城郊村的大院子，搬到妻子单位的两层庭院式小楼里。楼前有一个小院，院子里种了几棵葡萄，现在已硕果累累了。

我敲了几下院门，没有人回应。妻子和女儿都已睡熟。我又

————————

① 现为沙湾市。

跑到楼后，对着窗户喊了几声，家里依旧静悄悄的。已经是凌晨三点，整个县城都在睡眠中，街上偶尔急匆匆过去一个骑自行车的人影，不远处一家酒店的灯亮着，好像还有人在喝酒。

记忆中从未这样晚回过家。在家时总是不等下班就回来，天一黑便锁上院门，在家里看书看电视，陪伴妻子女儿。

我找了几块砖垫在墙根，纵身翻进院子。在这样寂静的深夜，我想我的敲门声和叫喊声肯定惊动了半个县城。明天半县城人都会知道有个男人半夜进不了家门。但谁都不会知道这个人是我。这个小县城进来十个、一百个人也不会觉得多谁。这个家里缺了我一个便一下子显得冷清。

因为我不在家，女儿只好把钥匙挂在脖子上，每天下午放学自己开门，自己进屋找水喝，找东西吃，刮风下雨天也没有人接她。妻子每天下班只好一个人做饭，一个人干着本是两个人的家务活：洗衣、拖地、照管孩子……就连架上的葡萄，也只能等我回来摘，为了通风向阳，葡萄架搭得高过了房顶，每次离家前，我都给女儿摘好一篮葡萄放着。可是，每次都是不等我回来她就早早吃完，接下来只有眼巴巴看着头顶一串一串的葡萄，盼着我回来给她摘。

我很感激妻子给我生了一个好女儿，我一点不想要儿子。我不像父亲，希望母亲给他生养几个能传宗接代的好劳力。我已经没有土地。在我的生活中，不会再出现多重多累的活非要我有个儿子做帮手才行。我自己足够对付了。

我渴望的是有两个女人的温馨家庭，一个叫我爸爸，一个叫我丈夫。更多时候我把她们当成两个女儿去喜欢去爱护。我如愿以偿，拥有了这样一个美好的家庭，而我却又离开它，来到一个陌生城市，我到底在寻求什么？

我轻轻敲楼房的门。我想我跳进院子时的响声足以惊醒家里人，可屋子里静静的没有回应。我推开伙房的门，拉亮灯，在碗柜里找到半盘剩菜和一个馍馍，自个儿吃了起来。我本打算赶回家吃晚饭，没想到车在路上一坏再坏，把时间耽搁到这么晚。

本该是家人欢聚的一顿晚饭，现在却只有我独自吞咽了。毕竟是到了家里，虽是残汤剩饭，感觉却跟坐在郊外某个冷清饭馆大不一样。

我边吃边环视伙房里的一切，炉旁的煤、桌上的青菜和米，还有窗台上瓶瓶罐罐里的油盐酱醋及各种调料。我不在的时候，家里的生活依旧在继续着，没有因为我不在家而少生一次火，少做一顿饭，少洗一次碗。我忽然感到我在这个家里并不像我想象的那样重要，也许这才是正常的。人不应该把自己看得过分重要，无论对一个家庭还是对社会。因为你一旦重要到不可缺少的地步，你的离开便会造成对别人、对周围环境的伤害。这样多不好。

在碗柜抽屉里我找到楼房门上的钥匙，轻轻打开门进去。妻子和女儿都睡在楼上，我拉开客厅的灯，看见家里的一切都还是原来的样子——家具的摆设、墙上的字画。连我没装好的一截电线，都依旧斜吊在墙上。只有电视柜上多了一个相架，里面是我几年前在承德拍的一张彩色照片，后来听妻子说，是女儿整理书桌时翻出来的，她把它摆在了那里。女儿已经知道思念爸爸了。

我脱掉鞋，轻轻走上楼梯，女儿睡在楼梯口的一间小屋里，这是我的书房，背对着街道，有一扇面朝南的窗户，既安静又阳光明媚。后来女儿也看上了这间小屋子，便抢去做了她的卧室和书房。女儿睡觉时喜欢把门从里面扣住，她这么小就懂得了戒备什么，妻子却向来是半掩着门睡觉，我一侧身便进到卧室了。

妻子熟睡在床上，从窗户斜照进来的月光，正好落在她露在外面的一条腿上。我似乎多少次在什么地方见到过这样的月光。妻子的脸在朦胧的月光中显得更加美丽动人。我没有开灯，有好一阵，我只是愣愣地站在床边，神情恍惚，仿佛又扛着锹来到一片荒草萋萋的田地边。

这些年我目睹了许许多多的荒芜景象：家园荒凉、田地荒芜……我却不知道，真正的荒凉在这张铺满月光的床上。

这一次，是我两手空空，站在荒睡已久的妻子身旁。

我和妻子生活了近十年，从未这样长久地离开她。自从有了妻子和女儿，我就从没想过要到别处去生活。我原打算在这个小镇上过一辈子算了。我把父母和兄弟一个个从农村搬到县城，我想让这个家有个好的前景，让父母兄弟们待在一起有个照应。我做到这一点了，可我还是不满足。

我辞掉安逸的工作，孤身进入乌鲁木齐。我想，我若能在这个城市打好基础，同样会把全家从沙湾县城搬进首府，就像当初把他们从元兴宫村搬到县城一样。一户农民，只能靠这种方式一步一步地走进城市，最后彻底扔掉土地变成城市人。

可我没想到，家园荒芜的阴影又一次蔓延到我的家里。我追求并实现着这个家的兴旺和繁荣，荒凉却从背后步步逼近，它更强大，也更深远地浸透在生活中、灵魂中。

我宁让土地荒弃十年，也不愿我心爱的妻子荒睡一晚。十多年前，我写下的这些天真的诗句竟道出了一个深刻无比的哲理：人无法忍受人的荒芜。

在这间卧室，这张铺满月光的床上，一个夜晚又一个夜晚，我的妻子在等我的时候独自睡着。谁会懂得，她一个晚上荒掉的，是我一生都收不回来的，无法补偿的。那些荒睡的夜晚将永远寂寞地空在她的一生里，空在我充满内疚的心中，成为我一个人的荒凉。

我打听一个叫冯富贵的人。我从村庄一头问起，一户挨一户问，问到另一头再问回来。没有人认识冯富贵。天快黑了，我有点着急，眼看那些房子和人就要隐在黑暗中了。

最先看到这个村子是在中午，太阳明晃晃地跟着我不放。它好像终于找到一个值得一照的人。那些遍布荒野的矮蒿子枯枯荣荣多少年了，还这副不死不活的样子，时光对这块地方早就失望了。我四处望了望，也望不到什么尽头。除了前方一个隐约的村子——也可能是一片没有人烟的破房子。以前我遇到过这种事，走了很远的路去一个村庄，走到后才发现，是一片废墟。人都不知到哪儿去了。

有一次我想把一个没人住的破村子收拾出来自己住。我本来去另一个村子，途中错听了一个老汉的指引，他用一根当拐棍用的榆木棒朝前一指，我便头也不回地走了两天。到达后才知道是一座空村，也不知荒废多少年了，空气中散发着陈腐的烂木头味。我想，反正我走到了，管它是不是要去的村子，我也再没力气往别处去。我花了半年工夫，把倒塌的墙一一扶起来，钉好破损的门窗，清理通被土块和烂木头堵住的大路小路。我还从不远处引来一渠水，挨个地浇灌了村庄四周的地。等这一切都收拾好，就到秋天了。一户一户的人们从远处回来，他们拿着钥匙，径直走进各自的家。没有谁对村里发生的这一切感到惊奇。他们好像出去了一会儿又回来似的，悠然自若地在我打扫干净的房子里开始了他们的生活。我躲在一个破羊圈里观察这一切，直到我坚信再没有半间房子属于我，在一个月黑风高之夜，我贼一般逃离了那个村子。以后每去一个村庄，我总要仔细眺望一阵，看到炊烟才敢放心走过去。

当时这个村子就像一条恭候主人的狗，远远地高翘着一根炊烟的尾巴，还听不到人声。有个两条腿的大东西在我之前穿过荒野，留下很深的两道辙印，我走在其中一道辙印里。身后已经看不到一个村子。我踩起的一小溜尘土缓缓沉落下来，像一些曾经做过的、正在失去意义的事情。

半小时前，三个骑马人迎面而过时，我就想，我走过的路上不会有我的脚印了。三匹马，十二个钉了铁掌的蹄子一路踏去，我那行本来就没踩清楚的脚印会有幸剩下几个呢？一两天后，再

过去一群羊或几辆大车，我的行踪便完全消失了。我的脚印不会
比一头牛的蹄印更深更长久地留在大地上，很快我将从我走过的
路上彻底失踪。一旦我走出去几十里地，谁也别想找到我。

"那么马二球呢，马二球的房子是哪间？"

我拿着七八个人的名字，一遍又一遍打听，开始他们一口咬
定村里绝对没有这几个人，他们给我指了一个百里外的村子，让
我到那儿去问问。这个村庄也太会打发人，我想在过去的几十年
甚至几百年间，他们肯定像打发我一样，给每位来到村里的陌生
人指一个百里外的去处——远远打发走他们。这个村庄因此变得
孤远、孤僻了。

村子里只有一条路，路旁胡乱地排着些房子。

我再一次过来问时，有人明显动摇了。

"冯富贵？我咋觉得有这么个人呢？"

"胡扯，就几十户人的村子，有没有谁我不清楚？"

"我也觉得，咋这么熟的名字，越听越熟悉。"

天很快暗下来，夜色使我先前看清的东西又变得模糊，房子
和人正一片一片从眼前消失。我站在暗处，听见一大片慌乱的关
门声，接着又是一片开门的声音。黑暗中有一群人走到一起，叽
叽喳喳地议论起这件事，言语黑乎乎地波动在空气里。

我想，他们大概已弄不清是我找错了地方，还是他们自己错
住在别人的村庄。

我想在这个村里过一夜，又一个人也不认识。

在我一生中经过的村庄中，有些是在大白天穿过的，那些村庄的形状、村人的长相以及牲口的模样都历历在目。至今我仍清晰地记着那个给过我一碗凉水的村妇，她黄中透黑的脸、沾着几根草叶的蓬乱头发、粗糙的不曾洗干净的双手和那只有一个豁口的大白瓷碗。我仍感激着一头默默目送我走远的黑母牛，我们是在一条窄窄的乡道上相遇的。它见我过来，很礼貌地让开小道，扭过头，目光温和地看着我远去。这是它的道。我在经过别人的村庄和土地，我对如此厚重的恩遇终身感激。

我尤其感激那些农人，他们宁肯少收些粮食，在他们珍贵的土地中辟出一条又一条路，让我这个流浪人过去。我相信他们不是怕别人留在村里才这样做的。这是人家的地，即使人家全种上粮食不让你过，你也没有办法。有一年夏天我就被一片玉米地挡住过。一片一望无际的玉米，长得密密麻麻。我走了几个来回，怎么也找不到穿过它的路。或许种地人原想，不会有人走到这么远，所以没有留路。没办法，我只好在地边搭了个草棚，打算住一夏，等种地人收了玉米，把地腾开我再过去。反正我也没太要紧的事。

等待的过程中我发现自己成了一个看玉米的人，在给谁看守也不清楚。我看着玉米一天天成熟，最后一片金黄了，也不见人来收。第一场雪都下过了，还不见人来。我有些着急。谁把这么大一片玉米扔在大地上就不管了，真不像话。会不会是哪个人春天闲得没事，便带上犁头和播种机，无边无际地种了这片玉米。紧接着因为一件更重要的脱不开身的大事，他便把自己种的这块玉米给忘了。我想是这样的。很多人有这种毛病，种的时候图痛快，四处撒种，好像他有多日能。种出来却没力气照管，任其长荒，被草吃掉。或者干脆一走了之，把偌大一片不像样的庄稼扔在大地上。

我盖了间又高又大的粮仓，花了一冬天时间把埋在雪中的玉米全收进仓中。这时候我已忘了我要去的地方，雪把我的来路和去路全埋了。我封死粮仓的门，随便选了一个方向又开始游荡了。以后经过这里的人们，看到如此巨大的一仓玉米耸在荒地上，惊喜之余，他们会不会想到是我干的呢？

走出很远了，或者说事过多年，每当回头我都看到那幢堆满玉米的粮仓高高耸立在荒野上。我把它留给每一个走过这片远地的人，我知道我再不能回去。

快进村子时，路旁出现了一大片墓地，我数了一下，有上千座坟吧，有些是新堆的，坟土新鲜，花圈虽烂犹存。有些坟头已塌，墓碑倾倒。我断定埋在这儿的，都是我将要去的这个村子里近百年来死掉的人。我停下来，撒了泡尿，是背对着墓地撒的，这是礼貌。尿水到地上很快就不见了，只留下一阵哗哗的水声，在空气中。

这片地方很久没下雨了。

我自己说了一句话。即使一千年没下雨这泡尿也解决不了问题。我系好裤子，一屁股坐在一个坟堆上。我感到累了。我屁股下面的这个人可能早不知道累了，不管他是累死的还是老死的，他都早休息好了。我看了看墓碑上的文字：

冯富贵之墓

生于××××年××月××日

卒于××××年××月××日

在这片荒野上我第一次看到文字，有点欣喜若狂。我掏出本子，记下这个名字，又转了几座坟，记下另几个人的名字。当时没想它的用处，后来进了村子，实在找不到落脚的地方。才突然想到记下的这几个人。

墓地看上去比村子大几十倍，也就是说，这个村里死掉的人远比现在活着的人多得多。这是另一个村子，独碑独墓，一户一户排列着，活人为死人也下了大功夫，花了钱。里面的棺材陪葬品自不用说，光这墓碑，我蹬了一脚，硬邦邦，全是上好的石料，收拾起来足够盖一大院好房子。我曾用四块墓碑围过一个狗窝。我把碑文朝里立成四方形，留一个角做门，上面盖些树枝杂草，真是极好的狗窝。墓碑是我从一个荒坟地挖来的，那片坟地也是多年没人管，有些坟棺材半露在外面，死人的头骨随处可见。我至今记得墓碑上那四个人的名字。奇怪的是，在我离开黄沙梁的几年后，竟遇到和那四块墓碑上的名字完全吻合的四个人，他们很快成了我的朋友。有一年，我带他们回到黄沙梁。那时我的一院房子因多年无人住已显得破败，院墙有几处已经倒塌，门锁也锈得塞不进钥匙，我费了很大劲才弄开它。

当我掀开狗窝顶盖，看见我的狗老死在窝里，剩下一堆白骨。它至死未离开这个窝，这座院子。它也活了一辈子。现在发生在这堆白骨周围的一切是不是它的回忆呢？在一堆白骨的回忆中我流浪回来，带了四个朋友，一个高个的，三个矮个的。下午的阳光照着这个破院子，往事中的人回忆着另一桩往事，五个人就这样存在了一个下午。这段存在中我干了件影响深远的事——我掀开狗窝，让四个朋友看多年前刻在墓碑上的他们的名字和生卒日期，四个朋友惊愕了。那个下午的阳光一下从他们脸部的表情中走失。后来他们背着各自的墓碑回去了。

他们说："留个纪念。"

我说："有用尽管拿去吧，朋友嘛。"

那个时候我有自己的村子、自己的土地和房子，我没有守好它们，现在都成了别人的。

听到狗吠时我已经快走出墓地，这个村子会不会留我过夜呢？

我在心里想，我只是睡一觉就走，既不跟村里的女人睡，也不在他们干干净净的炕上睡，只要一捆草，摊开在哪个墙根，再找半截土块头底下一枕，这么简单的要求他们不会拒绝吧。万一他们不信任我呢？怕我半夜牵走了他们的牛，带走他们的女人，背走他们的粮食。一个陌生人睡在村里，往往会让一村人睡不安宁。

我曾在半夜走进一个村庄，月光明朗地照着那片房子和树，就像梦中的白天一样。我先走过一片收割得干干净净的田野，接着看到路旁一垛一垛的草。我想这个村庄把所有的活都干完了，播种和收获都已经结束，我啥也没赶上。即使赶上也插不上手，他们不会把自己都不够干的那点活让给我一份。宁肯倒给几块钱也绝不让我插手他们的事情。

村庄安静得要命，我悄悄地走在村中的土路上。月光下每家每户的门口都堆满金灿灿的谷物。院门敞开着。拴在树下的牛也睡着了，打着和人一样的鼾声。这时候，假若走进村里的不是我，而是一个贼，他会套上牛车，把村里所有的收成偷光，村里人也不会醒的。人一睡着，村庄就不是他的了，身旁的女人、孩子也不属于自己了。我蹑手蹑脚地走进一户人家的院子，院子里几乎堆满了粮食，只留出一条走人的小道。我想找个地方睡一觉，却一点睡意都没有。这户人家有五六间房子，我推开一扇虚掩的门：是伙房。饭桌上放着半盘剩菜，还有一个被啃过一口的馍馍。我正好饿了，就坐下来吃光了这些食物，但没吃饱。我揭开锅盖，里面是半锅水和几个脏碗。出了伙房我又推另一扇门，没有推动，好像从里面顶住了。门旁是一个很大的敞开的窗户，我探头进去，借着月光看见头朝外睡着的一炕人，右边是男人，紧挨着的是女人和几个孩子，一个比一个睡得香甜。我真想翻窗户进去，脱掉衣服在这个大炕上睡一觉，随便睡在那个男人身旁，或者躺在那个女人身边，有一块被角盖着就满足了。第二天早晨我同他们一块醒来，一块吃早饭，他们不会惊讶这个在夜里多出来的人，我也不会在意夜间被女人搂错，浑身上下地抚摸。我没这样做，我还是照原路悄悄退出村子，在一堆稻草上躺了一会儿，天没亮便远远地离开了。至今我仍不知道那个村庄的名字。在我心中，那个村庄永远在纯纯洁洁的月光下甜睡着，它是我心中的故乡。

一条狗一叫，全村的狗都围了上来，它们或许多少年没见过生人，这下过过嘴瘾。这种场面我见多了，只要假装没看见没听见，尽管走你的路，保管没一条狗敢上来咬你。

随着狗叫，那些面目淡漠的村人一个一个地出现在门口，这种表情我也见多了。我想：他们不留我，我就返回去，在那片墓地过夜。枕着坟头睡也很舒服。你们不留我，你们的先人会留我。

我晚到了一会儿，他们的一生就完了，埋在路旁的这些人——男人、女人、孩子，他们比活在村里的这些人更好呢，还是更冷漠？反正，前定在一生中的活他们干完了，话说完了，爱完了，恨也完了。现在他们成了永远的旁观者。日日夜夜以坟头眺望屋顶，用墓碑对视炊烟，村里人干了再好再坏的事他们也不插言、不鼓掌跺脚……这群死寂的不再吭声的观众，这么快被遗忘了。

我拿着七八个人的名字，悄无声息地站在夜色中。我不认识你们，但我知道这个村庄曾经是你们的，你们留下耕种多年的土地，腾出装修一新的房子，留下置办不久的农具，留下所有财产……你们走了。现在没一个人认得你们，他们没动任何干戈便占有了一切。他们是后人，哭喊着送走你们，把所有悲痛送给你们带走。留下财富和欢乐，他们享用。

这已是别人的村庄。

有一天你们从冥冥天路上回来，家园还能不能接受你们，他们会腾出房子让你们住进去吗？会让出地、农具和道路吗？

他们会承认自己一直借住在别人的村庄里吗？

我黑黑地站了一会儿，又黑黑地走出村子。再没人理我，说话声也听不见了。这个夜晚肯定有许多人睡不着。但都会不声不响地睡着，都要想办法熬到天亮。天一亮，许多事情便亮堂了。

一种寂静触动着我，猛一抬头，我看见村庄四周的田野上黑压压地站满了人，那些熟悉又陌生、亲切又如隔世的先人。他们个个面色苍白、筋疲力尽。他们等着进村，他们的地和宅院全被人占了。他们像乞丐一样静悄悄地恭候在村外，一个夜晚又一个夜晚地等候着。

他们不打扰村里人。

我也不打扰他们了。趁一点星光照着我，早早走开，我想天亮的时候，没准我会走进另一个村子。

炊烟是村庄的根

当时在刮东风，我们家榆树上的一片叶子，和李家杨树上的一片叶子，在空中遇见，脸贴脸，背碰背，像一对恋人或兄弟，在风中欢舞着朝远处飞走了。它们不知道我父亲和李家有仇。它们快乐地飘过我的头顶时，离我只有一膀子高，我手中有根树条就能打落它们。可我没有。它们离开树离开村子满世界转去了。我站在房顶，看着满天空的东西向东飘移，又一个秋天了，我的头愣愣的，没有另一颗头在空中与它遇见。

如果大清早刮东风，那时空气潮湿，炊烟贴着房顶朝西飘。清早柴火也潮潮的，冒出的烟又黑又稠。在沙沟沿新户人家那边，张天家的一溜黑烟最先飘出村子，接着王志和家一股黄烟飘出村子。烧碱蒿子冒黄烟，烧麦草和苞谷秆冒黑烟，烧红柳冒紫烟、梭梭柴冒青烟、榆树枝冒蓝烟……通常村庄上头冒七种颜色的烟。

老户人家这边，先是韩三家、韩老二家、张桩家、邱老二家的炊烟挨着排出了村子。路东边，我们家的炊烟在后面，慢慢追上韩三家的炊烟，韩元国家的炊烟慢慢追上邱老二家的炊烟，冯七家的炊烟慢慢追上张桩家的炊烟。

我们家烟囱和韩三家烟囱错开了几米，两股烟很少相汇，总是并排各走各的，飘再远也互不理识。韩元国和邱老二两家的烟囱对个正直，刮正风时不是邱老二家的烟飘过马路追上韩元国家的，就是韩元国家的烟越过马路追上邱老二家的，两股烟死死缠在一起，扭成一股朝远处飘。

早先两家相处得好的时候，我听见有人说，你看这两家好得连炊烟都缠抱在一起。后来两家有了矛盾，炊烟仍旧缠抱在一起。韩元国是个火暴脾气，他不允许自家的孩子和邱老二家的孩子一起玩，更不愿意自家的炊烟与仇家的纠缠在一起，他看着不舒服，就把后墙上的烟囱捣了，挪到了边墙上。再后来，我们家搬走的前两年，那两家又好得不得了了，这家做了好饭隔着路喊那家过来吃，那家有好吃的也给这家端过去，连两家的孩子间都按大小叫哥叫弟。只是那两股子炊烟，再走不到一起了。

如果刮一阵乱风，全村的炊烟像一头乱发绞缠在一起。麦草的烟软，梭梭柴的烟硬，碱蒿子的烟最呛人。谁家的烟在风中能站直，谁家的烟一有风就趴倒，这跟所烧的柴火有关系。

炊烟是村庄的头发，我小时候这样比喻。大一些时我知道它是村庄的根。我在一缕缕滚滚飘远的炊烟中，看到有一种东西被它从高远处吸纳了回来，丝丝缕缕地进入每一户人家的每一口锅底、锅里的饭、碗、每一张嘴。

夏天的早晨我站在草棚顶上，站在缕缕炊烟之上，看见这个镰刀状的村子冒出的烟，在空中形成一把巨大无比的镰刀，这把镰刀刃朝西，缓慢而有力地收割过去，几百个秋天的庄稼齐刷刷地倒了。

　　我喜欢在一个地方长久地生活下去——具体点说，是在一个村庄的一间房子里。

　　如果这间房子结实，我就不挪窝地住一辈子。一辈子进一扇门，睡一张床，在一个屋顶下御寒和纳凉。如果房子坏了，在我四十岁或五十岁的时候，房梁朽了，墙壁出现了裂缝，我会很高兴地把房子拆掉，在老地方盖一幢新房子。

　　我庆幸自己竟然活得比一幢房子更长久。只要在一个地方久住下去，你迟早会有这种感觉。你会发现周围的许多东西没有你耐活。

　　树上的麻雀有一天突然掉下来一只，你不知道它是老死的还是病死的。树有一天被砍倒一棵，做了家具或当了烧柴。一头陪伴你多年的牛，在一个秋天终于老得走不动。算一算，它远没有你的年龄大，只跟你的小儿子岁数差不多，你只好动手宰掉或卖掉它。

一般情况，我都会选择前者。我舍不得也不忍心把一头使唤老的牲口再卖给别人使唤。我把牛皮钉在墙上，晾干后做成皮鞭和皮具。把骨头和肉炖在锅里，一顿一顿吃掉。这样我才会觉得舒服些，我没有完全失去一头牛，牛的某些部分还在我的生活中起着作用，我还继续使唤着它们。尽管皮具有一天也会被磨断，拧得很紧的皮鞭也会被抽散，扔到一边。这都是很正常的。

甚至有些我认为是永世不变的东西，在我活过几十年后，发现它们已几经变故，面目全非。而我，仍旧活生生的，虽有一点衰老迹象，却远不会老死。

早年我修房子后面那条路的时候，曾想到这是件千秋功业，我的子子孙孙都会走在这条路上。路比什么都永恒，它平躺在大地上，折不断、刮不走，再重的东西它都能经住。

有一年一辆大卡车开到村里，拉着满车铁，可能是走错路了，想掉头回去。村中间的马路太窄，转不过弯。开车的师傅找到我，很客气地说要借我们家房后的路走一走，问我行不行。我说没事，你放心走吧。其实我是想考验一下我修的这段路到底有多结实。卡车开走后我发现，路上只留下浅浅的两道车辙辘印。这下我更放心了，暗想，以后即使有一卡车黄金，我也能通过这条路运到家里。

可是，在一年后的一场雨中，路却被冲断了一大截，其余的路面也泡得软软的，几乎连人都走不过去。雨停后我再修补这段路面时，已经不觉得道路永恒了，只感到自己会生存得更长久些。以前我总以为一生短暂无比，赶紧干几件长久的事业流传于世。现在倒觉得自己可以久留世间，其他一切皆如过眼烟云。

我在调教一头小牲口时，偶尔会脱口骂一句："畜生，你爷爷在我手里时多乖多卖力。"骂完之后忽然意识到，又是多年过去。陪伴过我的牲口、农具已经消失了好几茬，而我还那样年轻有力、信心十足地干着多少年前的一件旧事。多少年前的村庄又浮现在脑海里。

如今谁还能像我一样幸福地回忆多少年前的事呢？

那匹三岁的儿马、一岁半的母猪，以及路旁林带里只长了三个夏天的白杨树，它们怎么会知道几十年前发生在村里的那些事情呢？

它们来得太晚了，只好遗憾地生活在村里，用那双没见过世面的稚嫩眼睛，看看眼前能够看到的，听听耳边能够听到的，却对村庄的历史一无所知，永远也不知道这堵墙是谁垒的，那条渠是谁挖的。谁最早蹚过河开了那一大片荒地？谁曾经乘着夜色把一大群马赶出村子？谁总是在天亮前提着裤子翻院墙溜回自己家里……这一切，连同一大段完整的岁月，被我珍藏了。成了我一个人的。除非我说出来，谁也别想再走进去。

当然，一个人活得久了，麻烦事也会多一些。就像人们喜欢在千年老墙万年石壁上刻字留名以求共享永生，村里的许多东西也都喜欢在我身上留印迹。它们认定我是不朽之物，咋整也整不死。我的腰上至今还留着一头母牛的半只蹄印。它把我从牛背上掀下来，朝着我的光腰杆就是一蹄子。踩上了还不赶忙挪开，直到它认为这只蹄印已经深深刻在我身上了，才慢腾腾地移动蹄子。我的腿上深印着好几条狗的紫黑牙印，有的是公狗咬的，有的是母狗咬的。它们和那些好在文物古迹上留名的人一样，出手隐蔽敏捷，防不胜防。我的脸上身上几乎处处有蚊虫叮咬的痕迹，有的深，有的浅。有的过不了几天便消失了，更多的伤痕永远留在身上。而留在我心中的东西就更多了。

我背负着曾经与我一同生活过的众多生命的珍贵印迹，感到自己活得深远而厚实，却一点不觉得累。有时在半夜腰疼时，想起那头踩过我的已离世多年的母牛，它的毛色和花纹。有时走路腿乏时，记起一条咬伤我的黑狗的皮，还展展地铺在我的炕上，当了多年的褥子。我成了记载村庄历史的活载体，随便触到哪儿，都有一段活生生的故事。

在一个村庄活久了，就会感到时间在你身上慢了下来。而在其他事物身上飞快地流逝着。这说明，你已经跟一个地方的时光混熟了。

水土、阳光和空气都熟悉了你，知道你是个老实安分的人，多活几十年也没多大害处。不像有些人，有些东西，满世界乱跑，让光阴满世界追他们。可能有时他们也偶尔躲过时间，活得年轻而滋润。光阴一旦追上他们就会狠狠报复一顿，一下从他们身上减去几十岁。

事实证明，许多离开村庄去跑世界的人，最终都没有跑回来，死在外面了。他们没有赶回来的时间。

平常我也会自问：我是不是在一个地方生活得太久了？土地是不是已经烦我了。道路是否早就厌倦了我的脚印，虽然它还不至于拒绝我走路。

事实上我有很多年不在路上走了，我去一个地方，照直就去了，水里草里。一个人走过一些年月后就会发现，所谓的道路不过是一种摆设，供那些在大地上瞎兜圈子的人玩耍的游戏。它从来都偏离真正的目的。不信去问问那些永远匆匆忙忙走在路上的人，他们找到自己的归宿了吗？

没有。否则他们不会没完没了地在路上转悠。

而我呢，是不是过早地找到了归宿？

多少年住在一间房子里，开一个门，关一扇窗，跟一个女人睡觉。是不是还有另一种活法，另一番滋味？我是否该挪挪身，面朝一生的另一些事情活一活？就像这幢房子，面南背北多少年，前墙都让太阳晒得发白脱皮了。我是不是该把它掉个个儿，让一向阴潮的后墙根也晒几年太阳？

这样想着就会情不自禁地在村里转一圈，果真看上一块地方，地势也高，地盘也宽敞。于是动起手来，花几个月时间盖起一院新房子。至于旧房子嘛，最好拆掉，尽管拆不到一根好檩子，一块整土块。毕竟是住了多年的旧窝，有感情，再贵卖给别人也会有种被人占有的不悦感。

墙最好也推倒，留下一个破墙圈，别人会把它当成天然的茅厕，或者用来喂羊圈猪，甚至会有人躲在里面干坏事。这样会损害我的名誉。

当然，旧家具会一件不剩地搬进新房子，柴火和草也一根不剩地拉到新院子。大树砍掉，小树连根移过去。路无法搬走，但不能白留给别人。在路上挖两个大坑。有些人在别人修好的路上走顺了，老想占别人的便宜，自己不愿出一点力。我不能让那些自私的人变得更加自私。

我只是把房子从村西头搬到了村南头。我想稍稍试验一下我能不能挪动。人们都说：树挪死，人挪活。树也是老树一挪就死，小树要挪到好地方会长得更旺呢。我在这块地方住了那么多年，已经是一棵老树，根根脉脉都扎在了这里，我担心挪不好把自己挪死。先试着在本村里动一下，要能行，我再往更远处挪动。

可这一挪麻烦事跟着就来了。在搬进新房子的好几年间，我收工回来经常不由自主地回到旧房子，看到一地的烂土块才恍然回过神。牲口几乎每天下午都回到已经拆掉的旧圈棚，在那里挤成一堆。我所有的梦也都是在旧房子。有时半夜醒来，还当是门在南墙上。出去解手，还以为茅厕在西边的墙角。

不知道住多少年才能把一个新地方认成家。认定一个地方时或许人已经老了，或许到老也无法把一个新地方真正认成家。一个人心中的家，并不仅仅是一间属于自己的房子，而是长年累月在这间房子里度过的生活。尽管这房子低矮陈旧，清贫如洗，但那些堆满房子角角落落的黄金般珍贵的生活情节，只有你和你的家人共拥共享，别人是无法看到的。走进这间房子，你就会马上意识到：到家了。即使离乡多年，再次转世回来，你也不会忘记回这个家的路。

我时常看到一些老人，在晴朗的天气里，背着手，在村外的田野里转悠。他们不仅仅是看庄稼的长势，也在瞅一块墓地。他们都是些幸福的人，在一个村庄的一间房子里，生活到老，知道自己快死了，在离家不远的地方，择一块墓地。虽说是离世，也离得不远。坟头和房顶日夜相望，儿女的脚步声在周围的田地间走动，说话声、鸡鸣狗吠时时传来。

这样的死没有一丝悲哀，只像是搬一次家。离开喧闹的村子，找个清静处待待。地方是自己选好的，棺木是早几年便吩咐儿女们做好的。从木料、样式到颜色，都是照自己的意愿去做的，没有一丝让你不顺心不满意。

唯一舍不得的便是这间老房子，你觉得还没住够，亲人们也这么说：你不该早早离去。

其实你已经住得太久太久，连脚下的地都住老了，头顶的天都活旧了。但你一点没觉得自己有多么"不自觉"。要不是命三番五次地催你，你还会装糊涂活下去，还会住在这间房子里，还进这个门，睡这个炕。

我一直庆幸自己没有离开这个村庄，没有把时间和精力白白耗费在另一片土地上。

在我年轻的时候、年壮的时候，曾有许多诱惑让我险些远走他乡，但我留住了自己。我做得最成功的一件事，是没让自己从这片天空下消失。我还住在老地方，所谓盖新房搬家，不过是一个没有付诸行动的梦想。我怎么会轻易搬家呢？我们家屋顶上的天空，经过多少年的炊烟熏染，已经跟别处的天空大不一样。当我在远处，还看不到村庄，望不见家园的时候，便能一眼认出我们家屋顶上面的那片天空，它像一块补丁，一幅图画，不管别处的天空怎样风云变幻，它总是晴朗祥和地贴在高处，家安安稳稳地坐落在下面。

家园周围的这一窝子空气，多少年被我吸进呼出，也已经完全成了我自己的气息，带着我的气味和温度。我在院子里挖井时，曾潜到三米多深的地下，看见厚厚的土层下面褐黄色的沙子，水就从细沙中缓缓渗出。而在西边的一个墙角上，我的尿水年复一年已经渗透到地壳深处，那里的一块岩石已被腐蚀得变了颜色。

看看，我的生命上抵高天，下达深地。这都是我在一个地方地久天长生活的结果。我怎么会离开它呢？

只
有
故
土

我熟悉你褐黄深厚的壤土，略带碱味的水和干燥温馨的空气，熟悉你天空的每一朵云、夜夜挂在头顶的那几颗星星。我熟悉你沟梁起伏的田野上的每一样生物、傍晚袅袅的炊烟中人说话的声音、牛哞声、开门和关门的声音……

在黄沙梁，我夕阳一样熄灭的目光会在第二天早晨重新照亮村子，散落尘间的音容笑貌是一粒粒的种子。

当我消失，我又回到你一年一度、生生不息的轮回中，回到你最初的充满幻想与欢喜的孕育中。

回啊，如果有第二次，如果真有第二次，我还从你这里开始——像再长出麦子和玉米，再结出苹果和草籽，再开放兰花和月季一样，让你再生出我。

我的故乡母亲啊。

当我在生命的远方消失，我没有别的去处，只有回到你这里——我没有天堂，只有故土。

快要消失的东西

小罗从北京取广角镜头回来。比预计的时间晚了两小时。本来打算等小罗回来再去一趟渠边村，把村头的景再布置一下。好不容易找到的一只老牛车木轱辘得运过来。

为一只老式的木车轱辘，徐飞副镇长曾动员几个干事到各村寻找。听说好不容易在村子找到一只。我们在渠边村踩点时，竟又发现一只。这些旧东西消失得太快了。二十世纪五六十年代以前，作为农村主要运输工具的木轮牛车，现在，连个轱辘都不容易找到了。

还有，我们前天立在村头的高旗杆会不会倒掉。前天，我们在村头栽旗杆时，引来不少村民。村主任对我们拍摄村头不太愿意。村头太乱了，只是些破草堆和烂牛圈，他的好砖房子在里面呢。这是一个已经达标的小康村，他担心这些破旧东西照到镜头里会把这个村子的形象宣传坏。

我们说，在拍一个过去年代的片子，他才放心了。村主任知道我的名字，说有一次到县上开会，县领导讲，我们沙湾出了个作家，写了一本叫《一个人的村庄》的书，把沙湾写得很破旧落后，我们要下决心改变这种面貌。

县委专门成立了"塑美工程"领导小组，要求每家每户、每村每镇铲除破旧，建立新貌。那些破墙头、烂圈棚、粪堆、歪扭的篱笆、弯曲的道路，是首当消灭的目标。

我们再晚些日子来，恐怕连这个破旧的村头也拍不到了。

一个村庄有它自己的历史文化遗存。

土地上生长粮食，但它不是一件制造粮食的机器。我们不能用对待机器的方式粗暴地对待村庄土地。它是生养我们的父母。

它是唯一的，不能更换，别无选择。

村庄的"新"在我们看不见的日常生存里。

一间舍不得拆掉的旧圈棚，对这户村民来说，或许有着难以言说的心灵慰藉。尽管他盖了砖瓦房，修了新门楼，甚至不养牲口了，但这间破圈棚仍旧立在房边，棚顶的草早已灰枯，柱子也已歪斜。棚内空空的，像永远的怀念与期待。

我想，在这家男主人收工回来偶尔的一瞥里，他曾有过的牛羊全聚在这个破圈棚里，满满当当，哞哞咩咩地叫。这时候，从他心中溢出的会意微笑是多么美好!

还有房后面那半堵干打垒的破土墙,它并不妨碍谁,立着也不占多少地方。夏天的中午会有几只鸡蹲在墙根乘凉。一头猪背靠着墙蹭痒痒。在它一旁长着一棵有年纪的树,都活累了,朝一边斜歪着身子。曾经以它挡风御寒的人家在前面盖了新房子。为了腾出地方他们把旧墙推倒,只留下这半堵。

他们懂得给过去生活留一点位置,就像给祖宗留一处牌位。生活的美好气息就是在这样的传承中源远流长。我们完全没必要专门把这堵土墙推倒。

渠边村村主任虽然也担心我们会把他的村子拍得落后古老,却还是很热心地帮助我们,亲自带我们去附近学校找了几块破旧红旗。

王导觉得村头的高旗杆上应该有一面红旗子,作为村头的标志。

但我认为不应该是旗子。它只是无意中被风刮上去,缠在上面的一块旧红布。很自然的东西。

村庄举得最高的是树梢上那些哗哗响的叶子。

最后这块红布按永和的想法挂了。杆子立起后我们都觉得这就是想要的效果,很随意的一条红布,在高高的杆头上随风飘舞。仿佛这个村庄一下子不一样了,它有了一个标志。

不知村里人因为村口的这点变化，会不会觉得自己的村庄不一样了。

王导甚至担心村里人会把我们立起的杆子推倒，等明天我们前去拍摄时，村头已经被他们改变得面目一新。

现在天渐渐黑了，小张出去洗澡还没回来，我开着门写日记。

渠边村的那根高杆子插进越来越黑的天空里，再拔不出来。

逃跑的马

　　我跟马没有长久贴身的接触，甚至没有骑马从一个村庄到另一个村庄这样简单的经历。顶多是牵一头驴穿过浩浩荡荡的马群，或者坐在牛背上，看骑马人从身边飞驰而过，扬起一片尘土。

　　我没有太要紧的事，不需要快马加鞭去办理。牛和驴的性情刚好适合我——慢悠悠的。那时要紧的事远未来到我的一生里，我也不着急。要去的地方永远不动地待在那里，不会因为我晚到几天或几年而消失。要做的事情早几天晚几天去做都一回事，甚至不做也没什么。我还处在人生的闲散时期，许多事情还没迫在眉睫。也许有些活我晚到几步被别人干完了，正好省得我动手。有些东西我迟来一会儿便不属于我了，我也不在乎。许多年之后你再看，骑快马飞奔的人和坐在牛背上慢悠悠赶路的人，一样老态龙钟回到村庄里，他们衰老的速度是一样的。时间才不管谁跑得多快多慢呢。

　　但马的身影一直浮游在我身旁，马蹄声常年在村里村外的土路上踏响，我不能回避它们。甚至天真地想，马跑得那么快，一定先我到达了一些地方。骑马人一定把我今后的去处早早游荡了一遍。因为不骑马，我一生的路上必定印满先行的马蹄印，撒满金黄的马粪蛋。

　　直到后来，我徒步追上并超过许多匹马之后，才打消了这种想法——曾经那些从我身边飞驰而过扬起一片尘土的马，最终都没有比我走得远。在我还继续前行的时候，它们已变成一架架骨头堆在路边。只是骑手跑掉了。在马的骨架旁，除了干枯得像骨头一样的胡杨树干，我没找到骑手的半根骨头。骑手总会想办法埋掉自己，无论深埋黄土还是远埋在草莽和人群中。

　　在远离村庄的路上，我时常会遇到一堆一堆的马骨。马到底碰到了怎样沉重的事情，使它如此强健的躯体承受不了，如此快捷有力的四蹄逃脱不了。这些高大健壮的生命在我们身边倒下，留下堆堆白骨。我们这些矮小的生命还活着，我们能走多远。

　　我相信累死一匹马的，不是骑手，不是常年的奔波和劳累，对马的一生来说，这些东西微不足道。

　　马肯定有它自己的事情。

　　马来到世上，肯定不仅仅是给人拉车当坐骑。

村里的韩三告诉我，一次他赶着马车去沙门子，给一个亲戚送麦种子。半路上马车陷进泥潭，死活拉不出来，他只好回去找人借牲口帮忙。可是，等他带着人马赶来时，马已经把车拉出来走了，走得没影了。他追到沙门子，那里的人说，晌午看见一驾马车拉着几麻袋东西，穿过村子向西去了。

韩三又朝西追了几十公里，到虚土庄子，村里人说半下午时看见一辆马车绕过村子向北边去了。

韩三说他再没有追下去，他因此断定马是没有目标的东西，它只顾自己往前走，好像它的事比人的更重要，竟然可以把人家等着下种的一车麦种拉着漫无目的地走下去。韩三是有生活目标的人，要到哪里就到哪里，说干啥就干啥。他不会没完没了地跟着一辆马车追下去。

韩三说完就去忙他的事了。以后很多年里，我都替韩三想着这辆跑掉的马车。它到底跑到哪儿去了？我向从每一条远路上走来的人打听过，他们或者摇头，或者说，要真有一辆没人要的马车，他们会赶着回来的，这等便宜事他们不会白白放过。

我想，这匹马已经离开道路，朝它自己的方向走了。我还一直想在路上找到它。

但它不会摆脱车和套具。套具是用马皮做的，皮比骨肉更耐久结实。一匹马不会熬到套具朽去。

而车上的麦种早过了播种期，在一场一场的雨中发芽、霉烂。

车轮和辕木也会超过期限，一天天地腐烂。只有马不会停下来。

这是唯一跑掉的一匹马。我们没有追上它，说明它把骨头扔在了我们尚未到达的某个远地。马既然要逃跑，肯定有什么东西在追它。那是我们看不到的、马命中的死敌。马逃不过它。

我想起了另一匹马，拴在一户人家草棚里的一匹马。我看到它时，它已奄奄一息，老得不成样子。显然它不是拴在草棚里老掉的，而是老了以后被人拴在草棚里的。人总是对自己不放心，明知这匹马老了，再走不到哪里，却还把它拴起来，让它在最后的关头束手就擒，放弃跟命运较劲。

我撕了一把草送到马嘴边，马只看了一眼，又把头扭过去。我知道它已经嚼不动这一口草。马的力气穿透多少年，终于变得微弱黯然。曾经驮几百斤东西，跑几十里路不出汗不喘口粗气的一匹马，现在却连一口草都嚼不动。

"一麻袋麦子谁都有背不动的时候。谁都有老掉牙啃不动骨头的时候。"

我想起父亲告诫我的话。

好像也是在说给一匹马。

马老得走不动时，或许才会明白世上的许多事情，才会知道世上许多路该如何去走。马无法把一生的经验传授给另一匹马。马老了之后也许跟人一样，它一辈子没干成什么大事，只犯了许多错误，于是它把自己的错误看得珍贵无比，总希望别的马能从它身上吸取点教训。可是，那些年轻的活蹦乱跳的儿马，从来不懂得恭恭敬敬地向一匹老马请教。它们有的是精力和时间去走错路，老马不也是这样走到老的吗？

马和人常常为了同一件事情活一辈子。在长年累月、人马共操劳的活计中，马和人同时衰老了。我时常看到一个老人牵一匹马穿过村庄回到家里。人大概老得已经上不去马，马也老得再驮不动人。人马一前一后，走在下午的昏黄时光里。

在这漫长的一生中，人和马付出了一样沉重的劳动。人使唤马拉车、赶路，马也使唤人给自己饮水、喂草加料、清理圈里的马粪。有时还带着马去找畜医看病，像照管自己的父亲一样热心。堆在人一生中的事情，一样堆在马的一生中。人只知道马帮自己干了一辈子活，却不知道人也帮马操劳了一辈子。只是活到最后，人可以把一匹老马的肉吃掉，皮子卖掉。马却不能对人这样。

一个冬天的夜晚，我和村里的几个人，在远离村庄的野地，围坐在一群马身旁，煮一匹老马的骨头。我们喝着酒，不断地添着柴火。我们想，马越老，骨头里就越能熬出东西。更多的马静静站立在四周，用眼睛看着我们。火光映红了一大片夜空。马站在暗处，眼睛闪着蓝光。马一定看清了我们，看清了人。而我们一点都不知道马在想些什么。

马从不对人说一句话。

我们对马的唯一理解方式是：不断地把马肉吃到肚子里，把马奶喝到肚子里，把马皮穿在脚上。久而久之，隐隐就会有一匹马在身体中跑动。有一种异样的激情耸动着人，变得像马一样不安、骚动。而最终，却只能用马肉给我们的体力和激情，干点人的事情，撒点人的野和牢骚。

我们用心理解不了的东西，就这样用胃消化掉了。

但我们确实不懂马啊！

记得那一年在野地，我把干草垛起来，我站在风中，更远的风里一大群马，石头一样静立着，一动不动。它们不看我，马头朝南，齐望着一个我看不到的远处。根本没在意我这个割草人的存在。

我停住手中的活，那样长久羡慕地看着它们，身体中突然产生一股前所未有的激情。我想嘶，想奔，想把镰刀扔了，双手落到地上，撒着欢子跑到马群中，昂起头，看看马眼中的明天和远方。我感到我的喉管里埋着一千匹马的嘶鸣，四肢涌动着一万只马蹄的奔腾。而我，只是低下头，轻轻叹息了一声。

我没养过一匹马，不像村里有些人，自己不养马，喜欢偷别人的马骑。晚上趁黑把别人的马拉出来骑上一夜，到远处办完自己的事，天亮前把马原样拴回圈里。第二天主人骑马去办一件急事，马却死活跑不起来。马不会把昨晚的事告诉主人。马知道自己能跑多远的路，不论给谁跑，马把一生的路跑完便不跑了。人把马鞭抽得再响也没用了。

马从来就不属于谁。

别以为一匹马在你胯下奔跑了多少年，这马就是你的。在马眼里，你不过是被它驮运的一件东西。或许马早把你当成自己的一个器官，高高地安置在马背上，替它看路，拉缰绳，有时下来给它喂草、梳毛、修理蹄子。交配时帮它扶扶马锤子。马全靠感觉、凭天性。人在一旁看得着急，忍不住帮马一把。马正好一用劲，事成了。人在一旁傻傻地替马笑两声。

其实马压根不需要人。人最大的毛病，是爱以自己的喜好度量他物。人习惯了自己的，便认定马也需要用这样。人只会扫马的兴，多管闲事。

也许，没有骑快马奔一段路，真是件遗憾的事。许多年后，有些东西终于从背后渐渐地追上我。那都是些要命的东西，我年轻时不把它们当回事，也不为自己着急。有一天一回头，发现它们已近在咫尺。这时我才明白了以往年月中那些不停奔跑的马，以及骑马奔跑的人。马并不是被人鞭催着在跑，不是。马在自己奔逃。马一生下来便开始了奔逃。人只是在借助马的速度摆脱人命中的厄运。

　　而人和马奔逃的方向是否真的一致呢？也许人的逃生之路正是马的奔死之途，也许马生还时人已经死归。

　　反正，我没骑马奔跑过，我保持着自己的速度。一些年轻人一窝蜂地朝某个地方飞奔，我远远地落在后面，像是被遗弃。另一些年月人们回过头，朝相反的方向奔跑，我仍旧慢慢悠悠，远远地走在他们前头。我就是这样一个人。我不骑马。

谁也没走掉

整个冬天，雪封住远远近近的道路。粮食堆在仓里，劈好的烧柴码在墙根。只剩下睡觉一件事情。人在睡，牲畜也在睡。每个人都可以睡到瞌睡尽头，谁也不喊谁。先醒的人看见其他人都睡着，一闭眼又睡过去。那时人会知道瞌睡尽头不一定是天亮，有时是另一个夜晚。

人们又聚在大牛圈里，商量什么时候走。因为走是每家每户的事。要全村一起走，不能剩下一户人，连一头牲口也不能剩下。每家都要说说自己啥时能动身。准备好的人也不能先走，得等那些没准备好的人，可能一等几年，谁知道呢。也不能睡着等、闲坐着等，该种地还要种地，该出去跑买卖的还要出去，等到被等的人家准备好了，等待他们的人家又有麻烦了，家里的一个人没有回来，或者女人又怀孕了，随便一件小事又把人留一年。能留人的事多着呢，你听他们说的话，好像都在说要走的事。

"等我们家黑牛娃子长大了就走。"杜才说。

"等我们家房后那棵柳树长到能做椽子了就走，已经长到胳膊粗了，再有两年就成材，现在走了可惜了，走到哪儿都要盖房子，带上几根木头不会错的。谁能保证去的地方就一定有树。有树就一定正好能做椽子。"韩三说。

"等我们把房子住坏再走吧，墙还结实着呢，一个口子都没有。即使到了一个新地方，不知道我还能不能盖起这么结实的房子。你们都知道，盖房子要打土墙，打土墙要有劲。而我已经没多少劲了，我的儿子还没长大成人。"邱老二说。

"我不管他们了，这一年庄稼收了，我们就走。"胡木说。

走是虚土庄最大的事。每当决定要走的时候，满村子母亲喊孩子的声音，仿佛每家都有一个孩子没回来。

母亲呼喊的时候，远远地顺着风声，听见孩子的答应，小虫子的鸣叫一般，听见树叶一样细细的脚步声，朝村子走近。那时我蹲在墙头，看一场风刮进村子，远处的树叶一片片地涌到墙根，落到窗台和门槛。每年，那些远处的树叶，学着孩子的脚步走进村子。当两片树叶，一起一落走在荒野，所有母亲竖起耳朵。

就像那时，人们停下来等一个孩子出生，现在，所有人停住手中的活，停住要走的想法，等好多孩子回家。

有几年，是父亲嚷嚷着走，母亲说要等一等。她听见了孩子的脚步声，母亲知道自己有几个孩子，哪个来了，哪个还在路上。父亲等不及，就一次次赶马车出远门。他回来时家里果然多了一个孩子，两眼生生望着他。家里每多一个孩子，父亲就多一个陌生人。

另几年村子突然忙起来，好多年的事情，堆到一起。连有五个儿子的父亲，都叹息人手不够。

"我们真应该再等些年呢。"当父亲的说这句话时，眼睛看着村外，仿佛他的另五个儿子，正在回家的路上。

有一年人们似乎准备好了，家家招呼着要走。仓里的粮食装进麻袋，长成椽子的树砍倒，绳子和筐派上用处。俗话说，跑三年，一根棍。守三年，背不动。

人们不知道住了几年，或许已经很多年，早不是以前的那一茬人。早些年说着要走的那些人，可能早走掉了。我觉得人们的模样已有所不同。村子已经换了几茬人，我依旧没有长大，看不清他们的脸，我只能从鞋子和裤腿认识那些人。好多脚回到村子，好多鞋子没回来。

人们往车上装东西，往房子外搬东西。

绳子不够用了，许多东西要捆起来运走，捆起来的东西好像也没法全运走，人们把一房子一院子的东西装到一辆车上，简直是件无法想象的事。于是，扔掉什么，带走什么，变得比走不走更重要了。

每家都有矛盾，往往为一个小东西的扔与不扔，妻子和丈夫、丈夫和儿子、儿子和母亲、爷爷和孙子都不能统一意见。

正当人们为此发愁，突然，做顺风买卖的人从奇台那边带来消息，说有一个人正向虚土庄走来，他在奇台生病了，住了一个冬天。他向所有遇见的人打听虚土庄子人，村里每个人的名字他都问到了。现在他的病大概好了，那个人可能已经闻着这一年的麦香走来了。

因为不知道那个人的名字，长相也没说清，就都认为是自家的亲戚。

"我们得等一下这个人。"王五爷说。

"好不容易准备好了，我们不能因为一个谁也说不清的人，把多少年的计划放弃了。"冯七爷说。

"我们可以在墙上写字，说明我们去的方向。让他随后跟来。"刘五说。

"这怎么行呢？"王五爷说，"那个人走到虚土庄，肯定像我们当时一样，累得没劲了。他会停下来过冬，这一冬一过，就说不上了。俗话说，黄金屁股西风腿。意思是说，人的屁股比金子还沉，一坐下再想起来，不容易。尤其春天来了，他看到我们扔掉的这么多耕好的地，他怎么舍得呢？还有这么多没人住的房子。说不定他就一年年住下去了。拖住我们的东西一样会拖住他。那样他老死也走不出这个村子。也许他会回到老家，再喊一帮子人，到这个村庄来过日子。而我们一直想着有一个人在路上追赶我们，我们在哪儿落脚都会不安心，老是回头望。这样我们又会变成歪脖子。"

等待的人没来。第二年夏天，路过虚土庄的买卖人说，那个人确实离开奇台向虚土庄方向来了，他走了大半年，应该早到了。会不会留在别的村庄，不来了。或者走过了头，半夜穿过村子，只要走过去，前面再不会有虚土庄，他就会没有尽头地走下去，像被野户地人报复的韩三一样。

倒是有几封信从甘肃老家寄来，说有好几个人已经动身来投奔我们。让我们一定在虚土庄子等。

"那就再等两年。顶多等三年。"王五爷说。

"等十年也不会等齐他们。"冯七爷说。

从甘肃老家到新疆省城，再过老沙湾到虚土庄，几千里路，数不清的岔路口，我们又不能在每个岔路口站一个人等他们。出来十个人，最后有没有一个人走到这里，谁也说不清。许多人会把路走岔，知道自己走错路时，已经没办法回去，也许走着走着人老掉了，没有重走一条路的时间和力气。

即使没走错路的人，也不一定能走这么远。人动身离家时都以为自己有目的，手里拿着一个遥远的地址。那里有亲人等着自己。可是一走到路上就是两回事了。尤其几千里的路，人走着走着发现自己像一个梦游者慢慢醒来，人在路上边走边想，有时会住在一个地方想一阵子再走，这一阵子有多长就没数了，短则几天数月，长则几年。人只要在中途停下，待几个月，想法就会变，好吃好喝好女人，都能留下人。一个好梦也能留下人。尤其碰见个好女人，怎么舍得离开？人就会想，剩下的路算了，不走了。

好多人留下了。人走着走着就忘掉目的，随便在一个村庄住下来，生儿育女。

在那些荒野中的村落里，到处住着这样的人，问他们从哪儿来的，都知道。问他们到哪儿去，都不知道。好像都住在路上，随时要离开的样子，随便盖几间房子，又矮又破。随便种一块地，不方不圆。从来不修条平顺路让自己走。都在凑合，十年二十年过去，五十年过去，却很少有人搬走。村子越来越破旧。上一代人埋在村外了，下一代人仍不安心，嚷着要走。

所有路都走遍了。每个人都想把村子带到自己的路上。夜晚他们暗暗围在一起，讲自己找到的路，尤其跑顺风买卖的，跑遍这片荒野，知道的路比头发还多。可是，他们都对别人不屑一顾。当冯七说出一条通向柳户地的路时，韩三就会反驳，我跑遍了荒野，怎么从来没看见没听说这样一条路？而韩三说出走荒舍的一条路时，冯七又提出同样的质疑。

谁都看不见别人走过的路。围在油灯下的一村庄人，谁看谁都是黑的。一个村庄，不可能走上一条只有一个人知道的路。

村里剩下我一个老人。先我老掉那一茬人，走着走着不见了，
前面再没人了。这时我听见最后面那些小孩子中，有叫王五的，
有喊冯七、张三的，他们又回到童年，还是一块玩老的那一群，
又重新开始了。

村子又回到多少年来的老样子。我从六十岁往七十岁走的时
候，他们正从三十岁往四十岁走。当时我走过这个年岁时，他们
都没长大，我掌管着村子，做梦一样做了许多美滋滋的好事情。
我的脚印还留在那里，我撒尿结的碱壳子还留在芨芨草和红柳墩
下面。我没走远的身影还在他们的视野。他们从不担心在荒野上
迷向，而害怕在时间中找不到路，活着活着到了别处。我要是使
坏，把他们往时间岔路上领，趁夜晚睡糊涂时，把他们领到过去，
或带到一个他们不认识的年月，他们也没办法。我的前面再没人

了，往哪儿走不往哪儿走，我说了算。停下不走也是我说了算。有一年我不想动弹了，死活不往下一年走，他们也得受着，把吃过的粮食再吃一遍，种过的地再种一遍。他们可以掌管村庄，让地上长粮食，女人怀孕。但我掌管时光。我是村里最老的人，往时光深处走的路密布在我的额头和眼角。

我不能走得太快。我不知道自己的寿数，往前走到某个年月突然就没有我了。我可不能让他们走到一个没有我的年月。要是我不在了，年月还叫年月吗？

多少年后，我从村庄走失，所有的人停下来。年轻人、跟在我后面老掉的那一群人，全停下来，不知道往哪儿走。我走着走着一脚踏空。谁也看不清前面路上让人一脚踏空的大坑。这个大坑，就像那片耗掉过几茬牛劲的泥沼泽，现在它干涸了，还是有人和牲口走着走着一头栽进去。

他们跟着我，以为我能绕过去。我确实一次次绕过去，可是，这个坑越来越大，我看不见它的边时，就不想再绕了。我一脚踏空——可能进去了才知道，那是一道家门。但他们不知道。

那一刻他们全停住。我离开后时光再没有往前移，连庄稼的生长都停止了。鸟一动不动地贴在天上。人和天地间的万物，在这一刻又陷入迷糊：我们跟着时间走是不是一个天大的错误？就在多少年前，人们在虚土庄落脚未稳的一个夜晚，全村人聚在那个大牛圈棚里，商议的就是这件事：我们跟时光走，还是不跟时光走。可能有些人，并没像我们一样日出而作，日落而息，我们在时光中顺流而下时，他们也许横渡了时光之河，在那边的高岸上歇息呢。也许顺着一条时光的支流，到达我们不清楚的另一片天地。谁知道呢，我一脚踏空的瞬间看见他们全停住了。往回落的尘土也停住。狗叫声也在半空停住。

这时，他们听见我远远的喊声，全回过头，看见我孤单一人站在童年。

守着一朵花开谢

剩下的事情

他们都回去了，我一个人留在野地上，看守麦垛。得有一个月时间，他们才能忙完村里的活，腾出手回来打麦子。野地离村子有大半天的路，也就是说，一个人不能在一天内往返一次野地。这是大概两天的路程，你硬要一天走完，说不定你走到什么地方，天突然黑了，剩下的路可就不好走了。谁都不想走到最后，剩下一截子黑路。是不是？

紧张的麦收结束了。同样的劳动，又在其他什么地方开始，这我能想得出。我知道村庄周围有几块地。他们给我留下够吃一个月的面和米，留下不够炒两顿菜的小半瓶清油。给我安排活的人，临走时又追加了一句：别老闲着望天，看有没有剩下的活，主动干干。

第二天，我在麦茬地走了一圈，发现好多活没有干完，麦子没割完，麦捆没有拉完。可是麦收结束了，人都回去了。

在麦地南边，扔着一大捆麦子。显然是拉麦捆的人故意漏装的。地西头则整齐地长着半垄麦子。即使割完的麦垄，也在最后剩下那么一两镰，不好看地长在那里。似乎人干到最后已没有一丝耐心和力气。

我能想到这个剩下半垄麦子的人，肯定是最后一个离开地头。在那个下午的斜阳里，没割倒的半垄麦子，一直望着扔下它们的那个人，走到麦地另一头，走进或蹲或站的一堆人里，再也认不出来。

麦地太大，从一头几乎望不到另一头。割麦的人一人把一垄，不抬头地往前赶，一直割到天色渐晚，割到四周没有了镰声，抬起头，发现其他人早割完回去了，剩下他孤零零的一垄。他有点急了，弯下腰猛割几镰，又茫然地停住。地里没一个人，干没干完都没人管了。没人知道他没干完，也没人知道他干完了。验收这件事的人回去了。他一下泄了气，瘫坐在麦茬上，愣了会儿神：球，不干了。

我或许能查出这个活没干完的人。

我已经知道他是谁。

但我不能把他喊回来，把剩下的麦子割完。这件事已经结束，更紧迫的劳动在别处开始。剩下的事情不再重要。

以后几天，我干着许多人干剩下的事情，一个人在空荡荡的麦地里转来转去。我想许多轰轰烈烈的大事之后，都会有一个收尾的人，他远远地跟在人们后头，干着他们自以为干完的事情。许多事情都一样，开始干的人很多，到了最后，便成了某一个人的。

守着一朵花开谢

今天醒得晚了些，太阳已经照进房子。永和的床空着，也许一夜未归，也许一大早爬起来看日出去了。小张还没起来，过道对门的房间静悄悄的，小钟出门上了趟卫生间又回到屋里。王导和二毛的房间也静悄悄的。阳光从阳台的大窗口平照进来，穿过我的屋子，又从床边的小窗口照进过道。小窗口少了块玻璃，前天，临睡觉前小张还从没玻璃的窗口探进头来，很调皮地一笑。她的天性中有一种可爱的东西，时常花开一样不可阻挡地绽放出来。

我曾在这样的花开中度过一段快乐难忘的日子。那时我正写《风中的院门》，刚进入状态，有一个很大的长篇小说的构思。一朵花的开放让我的写作一再延迟、断续。

最后，这部小说写坏了。写成了无数个片段的散文。

　　我在黄沙梁时，有个放牛的，从春到秋，赶一群牛，在北边的大荒滩上追青逐绿。他春天赶牛出去，一直到落头一场雪才回来。我听说这个放牛的有个爱好，在野滩中遇到花开便会停住，一直守到花谢再往前去。

　　我在那片野滩中遇到过多少次花开，已经记不清。我只是经过它们。有时在一朵开得艳美的花朵旁停留一阵，我去干别的事，回来时那朵花已经谢了，其他的花也正在谢。

　　在我的一生中，我至少会守着一朵花开谢，我放下别的事情，放下往前走的路。春天过去，秋天过去，所有的人离去，我留下。为我喜欢的一朵花。我想。

谁惊扰了我的生长。那时候，我或许会长出更粗壮的枝，生出更多叶子。我或许会朝着夕阳里一只蜻蜓飞去的方向，一直生活下去。跟一匹逃跑的马去了我不知道的遥远天地，多少年后把骨头和皮还回村子。或许像一汪水，在某个中午的阳光中，静悄悄地蒸散，变成一朵云在村子上空游来飘去。只有我知道我还在这里。

多少年前，我埋首在这个村庄的土路上慢悠悠走动的时候，心里藏着一个美好去处。尽管我知道这条土路永远通不到那里，但我一直都朝着那个去处不停地迈动脚步：我放牛去野滩的路，上河湾背柴的路，一早扛锨出去傍晚挟一捆青草回来的路，上房顶扒草垛的路，全朝着一个方向。在这块小小的土地上，我往返地走了太多的回头路。那时没有人能告诉我，当我这样走到五十岁时，是否离我的目标更近一些呢？

——谁在那时候从背后"呔"地大喝一声。我猛一抬头，一切都停顿了，消散了。我回过神再走时，已经找不见那个去处。生活变得实际而具体。等候我的是一些永远明摆的活：赶车、收麦子、劈柴、上河湾割草……

谁的惊扰使我生长成现在这个样子。

或许从来没有。

我沿着那条布满阴影的村巷奔跑时，追赶我的只是一场漆黑的大风。让我从村东游逛到村西的，只是和我一样慢悠悠移动的闲淡光阴。我偶尔仰起头，只为云朵和鸟群。我身体里的阵阵激动，是远胜于这个村庄的，另一个村庄的马嘶驴鸣。

一、我不知道这个村庄到底有多大

我不知道这个村庄到底有多大，我住在它的一个角上。我也不知道这个村里，到底住着多少人。天蒙蒙亮人就出村劳动了，人是一个一个走掉的，谁也不知道谁去了哪里，谁也不清楚谁在为哪件事消磨着一生中的一日。村庄四周是无垠的荒野，尽头是另外的村庄和荒野。人的去处大都在人一生里，人咋走也还没走出这一辈子。

一辈子里的某一天，人淹没在庄稼和草中，无声地挥动锄头，风吹草低时露一个头顶，腰背酸困时咳嗽两声。

另外一天人不在了，剩下许多个早晨，太阳出来，照着空房子。

二、早晨的人

早晨的人很不真实，恍恍惚惚的，像从梦中回来的一个个身影。是回来干活的。

活是多少年干熟干惯的，用不着思想和意识。眼睛闭着也不会干错。错也错不到哪里，锨刃就这么宽，锄把就这么长，砍歪挖斜了也还在田间。路会一直把人引到地里，到了地里就没路了，剩下农具和人。人往手心吐一口唾沫，这个身影便动起来，一下一下，那样地卖着力，那样地认真持久，像在练一个姿势，一个规定好了一百年不变的动作。却不知练好了教人去干啥。仿佛地之外有一个看不见的舞台。仿佛人一生只是一场无望无休的练习和准备。

一场劳动带来另一场劳动，一群人替换另一群人。同一块土地翻来覆去，同一样作物，青了黄，黄了青。劳动——这永远需要擦掉重做的习题，永远地摆在面前。土地扣留了劳动者，也将要挟来他们千秋万世的后代，生时在这片田野上劳作，死后还肥这方土。

多少个早晨，我目睹田野上影影绰绰的荷锄者，他们真实得近乎虚无。他们没有声音，也没有其他声音唤醒他们。这是一群真正的劳动者，从黑暗中爬起来，操一把锨便下地干活了。

我不敢相信他们是人。

他们是影子，把更深长的影子投在大地上。

他们是从人那里回来的一个个肉身，是回来干活的。

他们没有苏醒。

三、比早晨更早的一个时辰

比早晨更早的一个时辰，残月村边，疏星屋顶，一只未成年的鸡，冒失地叫了两声。人迷迷糊糊醒来穿好裤子，摸一把锨就下地了。

以后的早晨人再听不到这只雏鸡的鸣叫，它可能从此默默无闻，雄气不振，一辈子在母鸡面前抬不起头。这只没长大的小公鸡，鼓了一嗓子劲，时辰没到抢吼了两声。现在它尴尬地站在暗处，听众鸡的讥笑和责骂，那是另一种方式的鸡鸣：黑暗，琐碎。一个早晨的群鸡齐鸣就这样给唱砸了。

这跟人没关系。

人不是被鸡叫醒的。鸡叫不叫是鸡的事情，天亮不亮是天的事情。人心中有自己的早晨，时候到了人会自己醒来。

在大地还一片漆黑的时候，一个人心中的天悄然亮了。他爬起来，操一把农具，穿过鼾声四起的村子，来到一片地里，暗暗地干起一件事。他的心中异常明亮，要干的事清清楚楚地摆在面前，根本用不着阳光月光或灯光去照亮。一个看清了一生事业的人，总是在笼罩众人的黑暗中单独地开始了行动。天亮后当人们醒来，世界的某些地方已发生了变化，一块地被翻过了，新砌的一堵土墙耸在村里，一捆柴火堆放在院子……干活的人却不见了，他或许去做另一件事了，也可能接着睡觉去了。他自己的天早早地亮又早早地黑了。原先一些看得很清的事渐渐看不见了。也许是被自己干完了，也许活悄然隐匿了。他知道属于自己的活迟早还会出现在一生里的。

我们挥锄舞镰在阳光明媚的田野上劳动时，多少人还在遥远的梦中，干着比种地更辉煌更轻松也更荒唐的事情。在那些梦中我们一个个莫名其妙地都死了，消失了。大片大片的土地归属了他们，我们漂亮的房子、妻子和儿女留给了他们，还有钱、粮食。梦中他们制造了这样的结局，大白天见到我们，暗怀心事，神情异样。而当我们昏昏而睡时，又有多少人悄无声息地干着我们不知道的事情。某一个早晨我们睁开眼睛，村子变成另一副模样。那些早醒的人们改了路，推倒又新盖了房子，把沉睡的我们抬到一边。还重选了村长，重分了地。又像搬家具一样把我们睡着的身体挪到另一间房子的另一张床上。让我们醒来不敢相信，把眼前的现实当作一场梦，恍恍惚惚、轻轻飘飘混完一生中剩余的日子。

每次睡着都是一次人生历险啊！

村庄就是一艘漂浮在时光中的大船，你一睡着，舵便握在了别人手里，他们像运一根木头、一麻袋麦子一样把你贩运到另一个日子。多么黑暗的航行啊!你的妻子儿女、牛、房子和家具都在同一条大船上,横七竖八地睡在同一片月光里,互不认识。到岸后作为运费,他们从你生命中扣除一个夜晚,从你的屋墙上剥落一片泥皮,从你妻子的容颜上掠去一点美丽……你总是身不由己来到一生中的一些日子,这些日子一天一天地远离你。

四、整个白天村庄都在生长

整个白天只有老人和狗,守着空荡荡的村子。阳光一小步一小步地迈过树梢和屋顶。土路朝天,晾晒着人和牲畜深深浅浅的脚印。

花花绿绿的鸡们,早早打完鸣,下完蛋,干完一天的事情,呆站在阴凉处,不知道剩下的半天咋度过去。

公驴像腰挂黑警棍的巡警,从村东闲逛到村西,黑警棍一举一举,除了捣捣空气,找不到可干的正事。

猪像一群大腹便便的暴发户,三五成群,凑到破墙根和烂泥塘里,你拱我的屁股,我咬你的脖子,不住地放着屁,哼哼唧唧,嚷嚷着致富的事。

狗追咬一朵像狗的云,在沙梁上狂奔。一朵云下的黄沙梁,也是一朵时间的浮云。吹散它的风藏在岁月中。

坐在土墙根打盹的老人,头点一下又点一下,这个倔强的人在岁月中变得服帖,他认了命。

整个白天村庄像一个梦境，人都到地里去了，留下一座空村。你找一个人，只能找到一院空房子，院门紧锁，或者敞开着。一个人的家闲置在光阴里，树静静站立，墙默默开裂，鸟悄悄落到屋顶又飞去。人不在时，阳光一样公平地朗照着每一个院子，不会因为谁不在家而少给谁家一束光明。

你喊一个人的名字，结果叫出一条狗。一条狗又招来好几条狗。一会儿工夫，全村的狗都会叫起来。狗是很齐心的动物，一条狗的事便是所有狗的事。没见过一条狗咬人另一条狗站着冷眼旁观。即使那些离得太远或拴在院子里不能赶来的狗，听到同类的叫声也会远远地呼应几声，以壮狗势。

人在远远近近的地里，听到狗叫会不由得抬头朝村里张望。比人还高的庄稼和草挡住人的眼睛。人在心里嘀咕一句：是谁进了村子。而后原低下头干自己的事。谁也不会因为狗叫两声而扔下锄头跑回村里看个究竟。人们很放心地把一个村庄扔在大白天的原野上，却从不敢粗心地把一捆柴火放在夜里的屋外。他们只相信白天。白天房前屋后的树在阳光下静静地长着叶子，家畜们在树荫下纳凉。太阳晒透的厚厚土墙，一直将温暖保留到晚上。整个白天家都在生长，人们远远走开，任村庄静静长荒。

你要找的那个人，此刻就在村庄周围的某一块地里，悄无声息地干着自己的一件事。他不老也不年轻，无论你哪年哪月见到他，都是这副不变的样子。似乎生死枯荣只是草木和庄稼的事，跟他毫无关系。他的锨不快也不钝，锨把不细也不粗，干活的动作不紧也不慢。他不知道你来找他。知道了他会哪里都不去在家等你，不管你找他的事多么不重要。他生活在一个如此偏远的村子，一辈子都不会有几个人来找他。

他过着一生中又一个平平常常的日子，摆在眼前的活，还和昨天一样多、一样重，也一样轻松。生活就是这样，并不因为你生活了多少年日子就会变得好过。农活更是如此，不是你干掉一件它就会少一件。活是干不完的，你只有慢慢地干着活把自己的一生消磨完。活是个好伴儿，尤其农活，每年都一样多，一样长短的季节。你不用担心哪一年的活会把你压得喘不过气，也别指望哪一年会让你闲得没事。活均匀地摊在一辈子里，除非你想把它攒堆，高高地堆在一生中的某个时期。许多人年轻时都这样，手伸得长长，把本该是好多年后干的事情统统揽到某一年里，他们自以为年轻气盛，用一年时间就能把一辈子的活干完。事实证明，他们忙到老都没有闲下来。

活是人干出来的。

有些活，不干也就没有了。

干起来一辈子干不完。

懂得这个道理的人，此刻正仰面朝天，躺在另一块地头的荒草中。他知道这辈子也不会有人来找他，更不会有人找到他。他在世上只活几十年，几十年一过，他啥都不管就走了。他不想揽太多的活，沾惹太多的事情，结交太多的人。他的锄头扔在地中，他和你要找的那个人一样，有一地玉米，地里也有锄不完的草，但他不急。草是慢慢长出来的，他要慢慢地用十年、几十年时间去锄。草很小很矮时，他会整天躺在地头，心想：等草长高些再锄它吧，草生一次也不易，就让它多长几日，把头探进风里，有花的开几朵花，没花的长几片叶，然后再锄掉它也不迟。可是，等草长到比玉米还高时，他便干脆不锄了：既然庄稼没长成，多收些草回去也不是坏事。

　　每天早晨，他和人们一起扛着锄头离开村子，没人知道这一天里他都干了些啥。天黑时他又混在收工的人群中回到村里。其实，即使他躺在家里睡上一年也没有人管。但他不这样，他喜欢躺在草中，静静地倾听谷物生长的声音、人和牲畜走动的声音。人寂静下来的时候，就会听到远远近近许多事物的声音。它们组合在一起，成为大地的声音，天空的声音。一个人在荒野中，静静地倾听上一年、两年，就会听上瘾，再不愿多说一句话，多走一步路。他明白了大地的和声并不缺少他这一声，却永远缺少他这样一个倾听者。

五、劳动是件荒凉的事情

　　劳动的人把名字放在家里出去了。

　　劳动不需要姓名。

那是一个人远离另一个人的孤远劳动。一村庄人远离另一村庄人。

同行的老牛不会喊出你的名字。它顶多对你哞一声，像对其他牲口那样。手中的锨只感到你逐渐消失的力气。你引水浇灌的麦田不会记住你的名字，那些在六月的骄阳下缓缓抬起头的麦穗不会望见你，它遍地的拔节声中没有一声因你而响为你而呼。黄昏时你牵牛途经的一片坡地上，一种不知名的草正默默结束花期，它不为你开也不为你凋谢。多少年来你遇见多少次与你无关的花开花落，你默默打它们身边走过，它们不认识你。

劳动是件荒凉的事情，像四处蔓延的草，像东刮西刮的风，像风中的草屑和尘土，像只有一行脚印的路……在一个人的一生里，在一村庄人的一生里，劳动是件荒凉的事情。

隐身劳动的人，成为荒野的一部分。

人的忧郁是一棵草一只鸟的忧郁，没有名字。人的快乐是一头猪、一粒虫的快乐，没有名字。秋天，粮食不会按姓名走到谁家里。粮食是一群盲者，顺着劳动之路，回到劳动者心里。

也往往错走到不劳动的人手里。

名字不是人的地址。人没有名字也能活到老。人给牲口起名，是为使唤起来方便。有名字的牲口注定要为名字劳苦一辈子。

人把所有的芦苇都叫芦苇，把所有的羊都叫羊，它们没有单个的名字，单个的名字在它们心里，人没必要知道。

试想，一株叫刘二的草生长在浩莽的草野中，它必会为名字而争风水，抢阳光，出人头地。也会为名字而孤芳自赏，离群子立。而作为旁观者的人，永远不会从一野的风声中单独地分辨出某一株草的声音。

劳动也是一样的。

你打的粮、他打的粮到秋天都会被一车拉走，入到一个大仓。谁也不会在吞食它们时想到这一粒是张三家的麦子，那一粒是王五家的玉米。

一个人在暗处处理着自己的事情。一村庄人在暗处处理着各自的事情。这是一大片原野上的事情。

就像草，看起来每一株都孤立生长着，有各自的根、茎和叶子，有各自的长势和风姿。可是风一刮一大片都倒了，天一旱一大片都黄了，春天一到一夜都绿了。

这不是哪个人的事情。你只是一个干活的人，干着你身边手边的那一份。你在心里知道自己就行了。

你干完的活，别人不会再找到。你把它干掉了。

名字是件没啥实际用处的家什，摆设在人的一生里。一村庄人的名字就像一堆废铁，叮叮当当扔了一地。

那些一辈子没人叫两声的名字，叫不了几年便仓促扔掉的名字，无人怀念的名字，被自己弄脏又擦得锃亮的名字，牛棚一样潦草的名字……现在，都扔在村里，谁也没有跑出去。

黄昏的时候，名字对着荒野呼喊人，声音比最细微的风声还轻，直达人的内心。每个人听见的都是自己的名字。每个名字只有一个去处。

被名字呼喊的人，从黄土中缓缓抬起身，男人、女人、剩一架骨头的人，听到名字的呼唤会扔下活往家走。荒芜一天的人，此刻走在回家途中，不远处泥屋简单的家使这群劳动的人有名有姓。

没有名字的人还将无休止地埋身劳动。没有名字的人像草一样，一个季节一个季节地荒凉下去。

六、对一个村庄的认识

对于黄沙梁，我或许看不深也看不透彻，我的一生局限了我，久居乡野的孤陋生活又局限了我的一生。

可是谁又能不受局限呢？那些走遍天下学识渊博的人，不也没到过黄沙梁吗？他们熟知世间一切深奥的道理却不认得这个村里的路。

我全部的学识是我对一个村庄的见识。我在黄沙梁出生，花几十年岁月长成大人，最终老死在村里。死后肯定还是埋在村庄附近。这便注定了我生死如一地归属于这片土地，来来回回经过那块地、那几间房子，低头抬头看见那一群人。生活单调得像篇翻不过去的枯涩课文，硬逼着我将它记熟、背会，印在脑海和灵魂里。除了荒凉这唯一的读物，我的目光无处可栖。

我在村里住久了，便掌握了这个村庄的很多秘密。比如王家腌了几缸咸菜喂了几头驴，李家粮仓里还有几担麦子，箱子里还有多少钱。夜晚走在村里，凭土地的颤动我就能断定谁家夫妻正在做爱事，谁家男人正往地上打桩、墙上钉橛子。分清牛和马的脚步声只需一年零六个月的工夫。而黑暗中一前一后走来的两个人，极容易被误认成四条腿的驴。真正认识一个村庄很不容易，你得长久地、一生一世地潜伏在一个村庄里，全神贯注地留心它的一草一木、一物一事。这样等你快老的时候，才能勉强知道最基本的一点点。在村里溜达一圈走掉的人，如果幸运的话，顶多能踩走一脚牛粪。除此他们能得到什么呢?

那些季节中悠然成熟的麦子，并不为谁而熟，我们收回它们，我们并不是收获者。一年中有一次，麦子忘了回家，我们就得走好几年穷路。那些岁月中老掉的人，常老于一件事情，随便的一件事，就可消磨掉人的一辈子。想想吧，这些事情有多厉害。我不说出来你会以为什么大事耗掉了人的岁月和经历。那些看来很小的事到底有多大谁也不清楚。

我在这个村庄活了多少年，我只看见它的一个早晨，一个中午和一个黄昏，然后，我便什么都不知道了。

如果我们忘了在这个地方生活了多少年，只要锯开一棵树，院墙角上或房后面那几棵都行，数数上面的圈就大致清楚了。

树会记住许多事。

其他东西也记事，却不可靠。譬如路，会丢掉人的脚印，会分岔，把人引向歧途。人本身又会遗忘许多人和事。当人真的遗忘了那些人和事，人能去问谁呢？

问风。

风从不记得那年秋天顺风走远的那个人。也不会在意一块被它刮到天上而飘远的红头巾，最后落到哪里。风在哪儿停住哪儿就会落下一堆东西。我们丢掉找不见的东西，大都让风挪移了位置。有些多年后被另一场相反的风刮回来，面目全非地躺在墙根，像做了一场梦。有些在昏天暗地的大风中飘过村子，越走越远，再也回不到村里。

树从不胡乱走动。几十年、上百年前的那棵榆树，还在老地方站着。我们走了又回来，担心墙会倒塌、房顶被风掀翻卷走、人和牲畜四散迷失，我们把家安在大树底下，房前屋后栽许多树让它快快长大。

树是一场朝天刮的风，刮得慢极了，能看见那些枝叶挨挨挤挤向天上涌，都踏出了路，走出了各种声音。在人的一辈子里，能看见一场风刮到头，停住。像一驾奔跑的马车，甩掉轮子，车体散架，货物坠落一地，最后马扑倒在尘土里，伸长脖子喘几口粗气，然后死去。谁也看不见马车夫在哪里。

风刮到头是一场风的空。

树在天地间丢了东西。

哥，你到地下去找，我到天上找。

树的根和干朝相反方向走了，它们分手的地方坐着我们一家人。父亲背靠树干，母亲坐在小板凳上，儿女们蹲在地上或木头上。刚吃过饭，还要喝一碗水，水喝完还要再坐一阵。院门半开着，看见路上过来过去几个人、几头牛。也不知树根在地下找到了什么。我们天天往树上看，似乎看见那些忙碌的枝枝叶叶没找见什么。

找到了它就会喊，把走远的树根喊回来。

父亲，你到土里去找，我们在地上找。

我们家要是一棵树，先父下葬时我就可以说这句话了。我们也会像一棵树一样，伸出所有的枝枝叶叶去找，伸到空中一把一把地抓那些多得没人要的阳光和雨，捉那些闲得打盹的云，还有鸟叫和虫鸣，抓回来再一把一把地扔掉。不是我要找的，不是的。

我们找到天空就喊你，父亲。找到一滴水一束阳光就叫你，父亲。我们要找什么？

多少年之后我才知道，我们真正要找的，再也找不回来的，是此时此刻的全部生活。它消失了，又正在被遗忘。

那根躺在墙根的干木头是否已将它昔年的繁枝茂叶全部遗忘。我走了，我会记起一生中更加细微的生活情景，我会找到早年落到地上没看见的一根针，记起早年贪玩没留意的半句话、一个眼神。当我回过头去，我对生存便有了更加细微的热爱与耐心。

如果我忘了些什么，匆忙中疏忽了曾经落在头顶的一滴雨、掠过耳畔的一缕风，院子里那棵老榆树就会提醒我。有一棵大榆树靠在背上（就像父亲那时靠着它一样），天地间还有哪些事情想不清楚呢？

我八岁那年，母亲随手挂在树枝上的一个筐，已经随树长得够不着。我十一岁那年秋天，父亲从地里捡回一捆麦子，放在地上怕鸡啄，就顺手夹在树杈上，这个树杈也已将那捆麦子举过房顶，举到了半空中。这期间我们似乎远离了生活，再没顾上拿下那个筐，取下那捆麦子。它一年一年缓缓升向天空的时候我们似乎从没看见。

现在那捆原本金黄的麦子已经发灰，麦穗早被鸟啄空。那个筐里或许盛着半筐干红辣皮、几个苞谷棒子，筐沿满是斑白鸟粪，估计里面早已空空的了。

我们竟然有过这样富裕漫长的年月，让一棵树举着一捆沉甸甸的麦子和半筐干红辣皮，一直举过房顶，举到半空喂鸟吃。

"我们早就富裕得把好东西往天上扔了。"

许多年后的一个早春。午后，树还没长出叶子。我们一家人坐在树下喝苞谷糊糊。白面在一个月前就吃完了。苞谷面也余下不多，下午饭只能喝点糊糊。喝完了碗还端着，要愣愣地坐好一会儿，似乎饭没吃完，还应该再吃点什么，却什么都没有了。一家人像在想着什么，又像啥都不想，脑子空空地呆坐着。

大哥仰着头，说了一句话。

我们全仰起头，这才看见夹在树杈上的一捆麦子和挂在树枝上的那个筐。

如果树也忘了那些事，它便早早地变成了一根干木头。

"回来吧，别找了，啥都没有。"

树根在地下喊那些枝和叶子。它们听见了，就往回走。先是叶子，一年一年地往回赶，叶子全走光了，枝杈便枯站在那里，像一截没人走的路。枝杈也站不了多久，人不会让一棵死树长时间站在那里。它早站累了，把它放倒，可它已经躺不平，身躯弯扭得只适合立在空气中。我们怕它滚动，一头垫半截土块，中间也用土块堰住。等过段时间，消闲了再把树根挖出来，和躯干放在一起，如果它们有话要说，日子长着呢。一根木头随便往哪一扔就是几十年光景。这期间我们会看见木头张开许多口子，离近了能听见木头开口的声音。木头开一次口，说一句话。等到全身开满口子，木头就没话可说了。我们过去踢一脚，敲两下，声音空空的。根也好，干也罢，里面都没啥东西了。即便无话可说，也得面对面待着。一个榆木疙瘩，一截歪扭树干，除非修整院子时会动一动，也许还会绕过去。谁会管它呢？在它身下是这个厚厚的秋天、很多个秋天的叶子。在它旁边是我们一家人、牲畜。或许已经是另一户人。

风中的院门

　　我知道哪个路口停着牛车，哪片洼地的草一直没有人割。黄昏时夕阳一拃一拃移过村子。

　　我知道夕阳在哪堵墙上照的时间最长。多少个下午，我在村外的田野上，看着夕阳很快地滑过一排排平整的高矮土墙，停留在那堵裂着一条斜缝、泥皮脱落的高大土墙上。我同样知道那个靠墙根晒太阳的老人弥留世间的漫长时光。她是我奶奶。天黑前她总在那个墙根等我，她担心我走丢了，认不得黑路。可我早就知道天从哪片地里开始黑起，夜晚哪颗星星下面稍亮一些，天黑透后最黑的那一片就是村子。再晚我也能回到家里。我知道那扇院门虚掩着，刮风时院门一开一合，我站在门外，等风把门刮开。我一进去，风又很快把院门关上。

一朵花向整个大地开放自己

我记住临近秋天的黄昏，天空逐渐透明，一春一夏的风把空气中的尘埃吹得干干净净。早黄的叶子开始飘往远处了。我的母亲，在每年的这个时节站在房顶，做着一件我们都不知道的事。

她把油菜种子绑在蒲公英种子上，一路顺风飘去。把榆钱的壳打开，换上饱满麦粒。她用这种方式向远处播撒粮食，骗过鸟、牲畜。在漫长的西风里，鸟朝南飞，承载麦粒、油菜的榆钱和蒲公英向东飘，在空中它们迎面相遇。鸟的右眼微眯，满目是迅疾飘近的东西；左眼圆睁，眼里的一切都在远去。

我很早的时候，看见母亲等候外出的父亲，每个黄昏她做好晚饭等，铺好被褥等，我们睡着后她望着黑黑的屋顶等。我不知道远去的人中哪个是我的父亲。我不认识他。偶尔的一个夜晚他赶车回来，或许是经过这个有他的家和孩子的村庄。在我迷迷糊糊的梦中，听见马车吆进院子，听见他和母亲低声说话。他卸下几袋粮食装上几张皮子，换上母亲纳的新鞋，把一双他穿破的鞋脱在炕头。在我们来不及醒来的早晨，他的马车又赶出村子上路了。出门前他一定挨个地抚摸我们的头，从土炕的这边到那边，他的五个孩子，没有一个在那时候醒来，看他一眼，叫声爹。他走后的一年里，这个土炕上又会多一个孩子。每次经过村庄他都会让母亲再一次怀孕，从他离开的那一夜起，母亲的身体会一天天变重。她哪儿都去不了。我的母亲，只有在每年的五月，榆钱熟落时，成筐地收拾榆树种子。她早早把榆树下的地铲平，扫干净，等榆钱落了厚厚一层，便带我们来到树下。那时东风已刮得起劲了。我们在沙沙的飘落声里，把满地的榆钱扫成堆，一筐筐提回家。到了六月，早熟的蒲公英开始朝远处飘了。我的母亲赶在它们飘飞前，把那些带小白伞的种子装进布袋，她用它给儿女们做枕头，让她的孩子夜夜梦见自己在天上飞，然后，她在早晨问他们看见了什么。

许多事情他们不知道。母亲，我看你站在高高的房顶，手一扬一扬，仿佛做着一件天上的事。风吹种子。许多事情没有弄清。一棵蒲公英只知道它的种子随风飘起，却不知道每一颗都落向哪里。第二年春天，或夏天，有没有它们落地扎根的消息随风传来。

就像我们的亲人，在千里外的甘肃老家，收到我们在虚土庄安家的消息。

那些信上说，我们已经在一道虚土梁上住下来，让他们赶紧来，我们在梁上等他们。虚土梁是一个显眼的高处，几十里外就能看见我们盖在梁上的房子，望见我们一早一晚的炊烟。

信里还说，我们在梁上顶多等五年。顶多五年，我们就搬到一个更好的地方。

他们说等五年的时候，只想到五年内故乡的亲人有可能到齐，地里的余粮够重新上路，房后的榆树长到可以做椽木。

可是，栽在屋前的桃树也会长大，第三年就开花结果。那些花和果会留人。今年的桃子吃完了，明年后年的鲜桃还会等他们。等待人们的不仅仅是远处的好地方，还有触手可及的身边事物。

一年年整平顺的地会留人，走熟的路会留人，破墙头会留人。即使等来的老家亲人，走到这里也早筋疲力尽，就像当初人们到来时一样，没有一丝往前走的力气。

不过，等到真正动身了，人就已经铁了心，什么东西都留不住了。铃铛刺撕扯衣襟也没用，门槛绊脚也没用，泪水遮眼也没用。

关键是人动身之前，下午照在西墙的一缕阳光，就把人牢牢留住。长在屋旁一棵小草的浅浅花香，就把人永远留住。

蒲公英从五月开始播撒种子。那时早熟的种子随东风飘向西边的广阔戈壁。到了七月南风起时，次熟的种子被刮到沙漠边的灌木丛，或更远的沙漠腹地。八九月，西风骤起，大量熟落的种子飘向东边的干旱荒野。十月，北风把最后的蒲公英刮向南山。南山是蒲公英最理想的生息地。吹到北沙漠的种子，也会在漫长的漂泊中被另一场风刮回来，落在水土丰美的南山坡地。

一年四季，一棵生长在虚土梁上的蒲公英，朝四个方向盛开自己。它巨大的开放被谁看见了。在一朵蒲公英的盛开里，我们生活多年。那朵开过头顶的花，覆盖了整个村庄荒野。那些走得最远的人，远远地落在一朵飘飞的蒲公英后面。它不住地回头，看见他们。看见那些和自己生存在同一片土梁的人，和自己一样，被一场一场的风吹远。又永远地跑不快跑不远。它为他们叹息，又无法自顾。

一粒种子在飘飞的路途中渐渐有了意识，知道自己要往哪儿去，在哪儿扎根。一粒种子在昏天暗地的大风中睁开眼睛，看见迅疾向后漂移的荒漠大地，看见匍匐的草、疯狂摇晃的树木，看见河流、深陷荒野的细细流水和向深扩展的莽莽两岸，看见一片土坡上，艰难活命的自己，一根歪斜的枝，几片皱巴巴的叶子。看见秋天从头顶经过，风声枯涩，带走几片夏天时就已坠地的黄叶——这就是我的命啊。一粒种子在落地的瞬间永远地闭上眼睛。

从此它再看不见自己。不知道自己是否发芽，是否长出叶子，是否未落稳又被另一场风刮走。它的生长，只是一场不让自己看见的黑暗的梦。

这就是一棵草。

它或许永远不知道自己怎样活着。它的叶子被一只羊看见，被一粒飘过头顶的自己的种子看见。

就在人们待在村里，梦想着怎样远走的那些年，一群鸟一次次飞到南方又回来。一窝蚂蚁排起长队，拖家带口迁徙到戈壁那边的胡杨绿地。连爬得最慢的甲壳虫，也穿过荒滩去了趟沙漠边。每一朵花都向整个大地开放了自己。

一片叶子下生活

如果我们要求不高，一片叶子下可安置一生的日子。花粉佐餐，露水茶饮，左邻一只叫花姑娘的甲壳虫，右邻两只忙忙碌碌的褐黄蚂蚁。这样的秋天，各种粮食的香味弥漫在空气里，粥一样稠浓的西北风，喝一口便饱了肚子。

我会让你喜欢上这样的日子，生生世世跟我过下去。叶子下怀孕，叶子上产子。我让你一次生一百个孩子。他们三两天长大，到另一片叶子下过自己的生活。我们不计划生育，只计划好用多久时间，让田野上到处是我们的子女。他们天生可爱懂事，我们的孩子，只接受阳光和风的教育，在露水和花粉里领受我们的全部旨意。他们向南飞，向北飞，向东飞，都回到家里。

如果我们要求不高，一小洼水边，一块土下，一个浅浅的牛蹄窝里，都能安排好一生的日子。针尖小的一丝阳光暖热身子，头发细的一丝清风，让我们凉爽半个下午。

我们不要家具，不要床，困了你睡在我身上，我睡在一粒发芽的草籽上，梦中我们被手掌一样的蓓蕾捧起，越举越高，醒来时就到夏天了。扇扇双翅，我要到花花绿绿的田野里转一趟。一朵叫紫胭的花上你睡午觉，一朵叫红媚的花在头顶撑开凉棚。谁也不惊动你，紫色花粉沾满身子，红色花粉落进梦里。等我转一圈回来，拍拍屁股，宝贝，快起来怀孕生子，东边那片麦茬地里空空荡荡，我们赶紧把子孙繁衍到那里。

如果不嫌轻，我们还可以像两股风一样过日子。春天的早晨你从东边那条山谷吹过来，我从南边那片田野刮过去。我们遇到一起合成一股风。是两股紧紧抱在一起的风。

我们吹开花朵，不吹起一粒尘土。

吹开尘土，看见埋没多年的事物，跟新的一样。

当更大更猛的风刮过田野，我们在哗哗的叶子声里藏起了自己，不跟他们刮往远处。

围绕村子，一根杨树枝上的红布条够你吹动一个下午。一把旧镰刀上的斑驳尘锈够我们拂拭一辈子。生活在哪儿停住，哪儿就有锈迹和累累尘土。我们吹不动更重的东西：石磨盘下的天空草地，压在深厚墙基下的金子银子，还有更沉重的这片村庄田野的百年心事。

也许，吹响一片叶子，摇落一粒草籽，吹醒一只眼睛里的晴朗天空——这些才是我们最想做的。

可是，我还是喜欢一片叶子下的安闲日子，叶子上怀孕，叶子下产子。田野上到处是我们可爱的孩子。

如果我们死了，收回快乐忙碌的四肢，一动不动地躺在微风里。说好了，谁也不蹬腿，躺多久也不翻身。

不要把我们的死告诉孩子，死亡仅仅是我们的事，孩子们会一代一代地生活下去。

如果我们不死。只有头顶的叶子黄落，身下的叶子也黄落。落叶铺满秋天的道路。下雪前我们搭乘拉禾秆的牛车回到村子。天渐渐冷了，我们不穿冬衣，长一身毛。你长一身红毛，我长一身黑毛，一红一黑站在雪地，太冷了就到老鼠洞穴、蚂蚁洞穴避寒几日。

不想过冬天也可以，选一个隐蔽处昏然睡去，一直睡到春暖草绿。睁开眼，我会不会已经不认识你，你会不会被西风刮到河那边的田野里。冬眠前我们最好手握手、面对面，紧抱在一起。春天最早的阳光从东边照来，先温暖你的小身子。如果你先醒了，坐起来等我一会儿。太阳照到我的脸上我就醒来，动动身体，睁开眼睛，看见你正一口一口吹我身上的尘土。

"又一年春天了。"你说。

"又一年春天了。"我说。

我们在城里的房子是否已被拆除。在城里的车是否已经跑丢了轱辘。城里的朋友是否全变成老鼠，顺着墙根溜出街市，跑到村庄田野里。

你说，等他们全变成老鼠了，我们再回去。

野地上的麦子

　　好几年，我们没收上野地上的麦子。有一年老鼠先下了手，村里人吆着车提着镰刀赶到野地时，只看见一地端扎的没头的光麦秆，穗全不见了。有两年麦子黄过了头，大风把麦粒摇落在地。黄灿灿一层，我们下镰时麦穗已轻得能飘起来。

　　麦子在大概的月份里黄熟，具体哪天黄熟没人能说清楚，由于每年的气候差异和播种时间的早几天晚几天，还由于人的记忆。好多年的这个月份混在一起，人过着过着，仿佛又回到曾经的一些年月里，经过的事情又原原本本地出现在眼前。人觉得不对劲，又觉得没什么不对劲。麦子要熟了，每年要熟一次。仿佛还是去年前年被人割倒的那些麦子，又从黑暗中爬了起来，一步一步走到这个月份里。

　　那时正值玉米长到一人高，棉花和黄豆也都没膝，村子被高高矮矮的庄稼围着，连路上都长出草和粮食。

一条路隔段时间没人走，掉在路上的麦粒、苞谷豆、草籽……就会在一场雨后迅速发芽，生长起来。路上的土都很肥沃，牲口边走边撒的粪尿，一摇一晃的牛车上掉下的肥料和草，人身上抖下的垢甲，凡从路上抗来运去的东西，没一样不遗落一些在路上。春播一过，路往往会空一阵子，有些路就是专门通向一块地，这块地里的活干完了，路也就没人走了。等过上一两个月，人再去这块地里忙活，才发现路上已长满了作物，有麦子、玉米、黄豆，还有已经结上小瓜蛋子的西瓜秧，整个路像一条绿龙，弯弯曲曲地伸到人要去的那地方。人在路头愣望一阵，想他们麻袋上的小洞、车箱底的细缝，咋会漏掉这么多种子。人实在不忍心踏上去，只好沿路边再走出一条新路。

麦子成熟的香味就在这个时候顺风飘来，先是村西边的人闻到。麦子快要熟了。嗯，是麦子熟了。打镰刀的王铁匠锤停在半空，愣了一下，麦香飘过他的铁炉的一瞬被烤熟了，像吃了口新麦锅盔的感觉。编筐的张五突然停住正编的一根榆树条，抬头朝天上望。麦子已经熟了，快给村长说说去，该安排人割麦子了。

正往车上装羊粪的韩三扔掉铁叉快步朝村东边走去，新麦的清香拨开浓浓的羊粪味钻进他的鼻孔。他刚迈出两步，风已经翻过一家家房顶把麦香刮到村东头，全村人都闻到麦香了。

这时候，村长就会派一个人骑马去野地走一趟，看看麦子黄到了几成，哪天下镰合适，以便安排劳力。

有一年人们闻着麦香走向野地，全村一百五十多个劳力，十几辆大车，浩浩荡荡走了一整天，天黑透走到野地，连夜在地头搭棚、支炉灶、挖地窝子。人马疲困已极。第二天一早，人们醒来一看，麦子还青着，只黄了一点麦芒。

麦子成熟的气息依旧弥漫在空气里。是哪一块麦地熟了。有人站在车上，有人爬上棚顶，朝四下里张望。肯定有一块麦子已经熟透了。谁也不知道这块麦地在哪里，仿佛是去年前年随风飘远的阵阵麦香，被另一场相反的风刮了回来，又亲切又熟悉。

人们住下来等麦子黄熟。

也就几天就能下镰了。节气已经到了，麦子不黄也说不过去。最多三五天吧，回去屁股坐不稳又得再来。

人们等到第五天，麦子还没黄。

第三天的大太阳，本来已经把麦穗催黄了，可是天黑前下了一场雨，一夜过去，麦子又返青了，跟刚来时一模一样。

第六天上午，磨利的镰刀刃已开始生锈，带来的粮食清油也吃掉八九成。人们拆掉窝棚，把米面锅灶原搬到车上。那天天气燥热，天上没有一朵云，太阳照到每一片叶子上。一百五十多人，十几驾马车，浩浩荡荡往回走。麦子在他们离去的背影里，迅速地黄透了。

村长马缺也闻到了麦香，每当这个节气他都格外操心，一有点风就把鼻子伸长用心地吸几口气。

有一年，也是这个月，大早晨，树轻轻晃动，马路上几头牛踩起的土，缓缓向东飘浮，牛也朝东边走，踩起的土远远跑到它们前头。村长马缺站在路边，鼻子伸进风里，吸了两下，又吸了两下。

什么地方着火了。不像是炊烟的气味。

村长马缺赶紧爬上房，踮起脚朝西边望。早晨的炊烟，像一片树林一样挡住视线。炊烟全朝东边弯。村长马缺第一次感到这个村子的炊烟这么稠密，要望过去都有点费力。

村长马缺下了房，快步走到村西头，站到一个粪堆上朝西边望，鼻子一吸一吸地闻了好一阵。是一股很远处的烟火味。

它穿过天空和荒野时烟味变薄变旧了，还沾染了些野草、尘沙和云的气息。好像还飘过村里种在西边野滩上的麦地，沾带了些麦粒灌浆时溢出的青郁香气。

什么东西在远处烧掉了。村长马缺在心里嘀咕。

那以后村长马缺时常在梦中看见一场大火，呼呼地烧着，四处都是火，浓烟滚滚。他辨不清那场火在什么地方。村长马缺一直在担心野地上的麦子，会在哪一天烧着。麦子熟透了会自己着。有时远远的一粒火，甚至一颗流星都能把七月的麦地点着。

村长马缺没有把这种担心告诉别人，他一直一个人在心里害怕着一场没烧着的大火。

野地上着过一次火，是在老早村长马缺出生以前。村里王家（也许是刘家）一头牛不想干活，跑到野地里。那头牛左肩胛一块皮磨烂了，好不容易咬牙熬到春耕完，牛本指望春闲时皮能长好。可是伤口化脓了，不住往外流脓水，成群的苍蝇在伤口处叮咬，作蛹。紧接着又是田管、中耕、拉肥料，牛肩胛疼得厉害，站着不走又要挨鞭子，牛实在熬不下去，便在一个夜晚挣脱缰绳跑掉了。人跟着牛蹄印追到野地，眼前一大片荒草灌木，浩浩莽莽，在里面转了半天，差点把自己丢了。人爬到一棵树上喊，嗷嗷地叫，牛死活不出来。

秋天，人又去了野地，在金黄一片的草木中发现牛的蹄印和粪，说明牛还在里面，找了大半天，野地太大草太深，根本看不见牛的影子。人跑到草滩另一头，放了把火，想把牛烧出来。火着了三天三夜，烟灰顺风刮到村里，房顶院子落了一层。

到底把牛烧出来没有？由于时间久了，许多关于前辈人的故事大都是这样剩下半截子。要再说下去就得瞎编。可是，生活中有意的事一件接一件，真人真事都说不完，谁有闲工夫瞎编故事呢？直到现在，多少年过去了，越来越多的半截子故事扔在村里，没人理会。我也懒得回想。光我自己的事情就够我说大半辈子，我哪顾得上说别人呢。

那年派去探麦的人是刘榆木。这是个啥活都不干的人，整天披一件黑上衣蹲在破墙头上，像个驼背的鸟似的，有时他面朝西，双手支着头一看就是大半天，有时尻子对着南边一蹲又是一下午。我们都不知道他在看啥，到底看见了啥。

一个人要是啥都不干，一天到晚盯着一个小地方看上一辈子，肯定能看出些名堂。但我们又不愿意相信刘榆木会看出啥名堂。

他是个懒人，不会比我们知道更多的事情。我们想。

早先刘榆木喜欢蹲在旧马号圈墙上，那堵墙又高又厚实，蹲在上面哪都能看见。后来那堵墙倒了。听人说是刘榆木家里人嫌他啥活不干整日蹲在墙上，气愤地把那堵墙放倒了。后来刘榆木蹲到靠马路的半堵破羊圈墙上。那堵墙矮一些，也单薄，却一直不倒。

谁也使唤不动刘榆木。他家每年收多少粮，种几亩地他从来不管不问。到吃饭的时候他就从墙上跳下来，拍一把屁股上的土，很准时地回到家里。听人说他看着烟囱里冒出来烟就知道家里做什么饭，饭啥时候做熟。

谁家有急事找刘榆木帮忙，他总是一甩头，丢一句"管我的球事"，便再不理人家。

村长马缺也没想到要使唤刘榆木，他从粪堆上下来，想着派谁去野地看看，一扭头看见蹲在墙头上的刘榆木。

"刘榆木，给你派个活，到野地去看看麦子熟了没有。"

"麦子熟不熟管我的球事。"刘榆木头一甩，不理村长了。

村长马缺瞪了刘榆木几眼，正要走开，又突然回过头。

"给你一匹马,你就把马当成这堵墙骑着,边走边看,也不耽误你看事情,只要把麦子熟没熟给我看回来就行了。"

这一年村里又没收上麦子。去晚了几天,麦子黄焦在地里。

派去探麦的刘榆木根本没去野地。他骑马从村西边出去,在村外绕了一圈,绕到村东头,打马朝沙湾镇奔去了。

他去沙湾镇其实也没啥事情,只是他觉得去野地看麦子更没意思。有啥看的,掰指头一算就知道麦子熟没熟。节气到了麦子肯定会熟,时候不到再怎么看麦子还是青的。刘榆木许多年不问地里的事,他已经不知道地开始变得不守节气。好像太阳绕着地转晕了,该熟时不熟,不该熟早熟的事多了。只是这些事又管刘榆木啥球事。

天快黑时,刘榆木原打马绕到村西头,一摇一晃走进村,给村长马缺丢下一句"还早呢,再有十天才能熟",便转身回家去了,再不理会村长的追问。

其实刘榆木也没走到沙湾镇。沙湾镇比野地更远,去了再赶回来非得走到第二天早晨。他只是走到了自己蹲在墙头上远望时的目光尽头,又朝前望了一阵子就掉转马头回来了。

这两截子目光接起来,足足有六十公里。这大概是村里最长远的目光了。刘榆木想。

村长马缺也没完全信刘榆木的话,他总觉得这个整日蹲在墙头上身子悬在半空里的人不太踏实。没等到十天,也就过了七八天吧，村长马缺便带着人马下野地了。结果还是晚来许多天，麦粒几乎全落到地上，又准备发芽长下一茬麦子了。

事后人们埋怨村长马缺，不该把探麦这么重要的事交给懒汉刘榆木。村长马缺辩解说，我总不能让铁块烧红正要打一把镰刀的王铁匠扔下锤子去野地吧，也不能叫水淌在地里正浇苞谷的韩拐子收了水口子去探麦吧，更不能让我村长马缺丢下村子的事亲自跑去看麦子吧。况且，也不是件啥难事。又不用他的手，也不用他的腿和脑子。只用用他的眼睛，看一下麦子黄了没有。刘榆木不是爱支着头傻看吗？看不正是他的特长吗？

不管怎么说，那年野地上的活又白干了。刘榆木依旧蹲在那截墙头上，像啥事没发生。又一年，我们踏着泥泞春播时从他眼皮底下走过。秋天拉着苞谷回来时从他尻子后面过去。我们懒得理这个人。没心思跟他搭腔说话，他也不理会我们。有些时候我们已经把他当成一个没用的榆木疙瘩。

这样过了几年，又是几年，一切都没有变化。我们还是一样春忙秋忙，夏天也闲不住。刘榆木也还是蹲在破墙头上，像个更加驼背的鸟，只是头发和胡子更苍白蓬乱，衣服更脏旧。低头看看我们自己，也好不到哪去。有时我想，仅仅因为刘榆木少干了些活，就把他看成跟我们不一样的人，这样做是不是合适。

原来我们都认为，一个人没事干就会荒芜掉。还是在好多年前，我们就说刘榆木这一辈子完了，荒掉了。说这些话时我们似乎看见荒草淹没到了刘榆木的脖子根。刘榆木没明没黑地在荒草中奔走，走完一年，下一年还是满当当的荒草，下下年的荒草仍旧淹没到刘榆木的脖子根。这个人最后就被荒草吃掉了。我们说。

后来我们发现其实荒草根本没不到刘榆木的脖子根，连他的脚跟都没不到。刘榆木蹲在墙头上。倒是我们这些忙人没明没黑地在荒草中找寻粮食。我们以为不让地荒掉，自己的一辈子就不会荒掉。现在看来，长在人一生中的荒草，不是手中这把锄头能够除掉的。那些在心中养育了多年的东西，和遍野的荒草一样，枯黄的时候，是不大在乎谁多长了几片叶少结了几颗果的。

心地才是最远的荒地，很少有人一辈子种好它。

那以后野地种没种麦子我记不清了。大概撂荒了几年。村里的事突然多起来，有些人长大了，有些人长老了，乱哄哄的，人再顾不上远处。

又过了些年，有一户人家搬到野地上。"他在村里住烦了。"我听人这么说。却想不起这户人家烦的时候啥样子，不烦时又是啥样子。他们家住在最东头，西北风一来，全村的土和草叶都刮到他家院子里。牛踩起的土，狗和人踩起的土，老鼠打洞刨出的土，全往他们一家人身上落。

人和牲口放的屁，一个都没跑掉，全顺风钻进他们一家人鼻孔里。

他一生气搬到了野地上。那地方是上风。

　　我都忘了那户人家姓什么了，也没想过我们踩起的土会全落到这一户人家的院子。我们住在上风，刮风时从不知道把脚放轻些。这户人家搬走后我似乎懂得了一些事情，现在，又忘得差不多了。时间一久，许多事情只剩下一个干骨架子。况且，又刮了许多场风，村里也没一个人闻到住在野地上风处的那户人家放的屁，也没看见哪粒沙尘是他们家牲口故意踩起来眯我们的。

　　再后来，又有几户人家搬到野地，在那地方凑成一个小村子，村名叫野户地。

　　现在，我们生活的村子再没有野地可种了。

　　没有野地可种的那些年，麦子成熟的香味依旧在那时候顺风飘来，人们往往被迷惑，禁不住朝野地的方向望一阵。村长马缺依旧会闻到一股浓浓的什么东西烧着了的烟火味。他依旧会站在村西头的粪堆上眺望一阵。在他身后的破土墙上，刘榆木依旧像个驼背的鸟一样蹲着。

　　村长马缺如果站得稍远些，站在西边或北边那道沙梁上朝村里望一眼，他就会看见梦中的那场大火，其实一直在村子里燃烧着。村长马缺从没有跑到远处看一眼村子。

　　村里人也从不知道自己一直在燃烧。

　　这一村庄人的火焰，在夜晚蹿出房顶几丈高。他们的烟，一缕一缕，冒到村庄上头，被风刮散，灰烬落入荒野和院子里。

　　他们熄灭了也不知道自己熄灭了。

　　我因为后来离开村子，在远处看见这一村庄人的火焰。看见他们比熄灭还要寂静的那一场燃烧。我像一根逃出火堆的干柴，幸运而孤单地站在远处。一根柴火看见一堆柴火慢慢被烧掉，然后熄灭。它自己孤单地朽掉，被别处的沙土掩埋。就这些。

我另外的一生已经开始

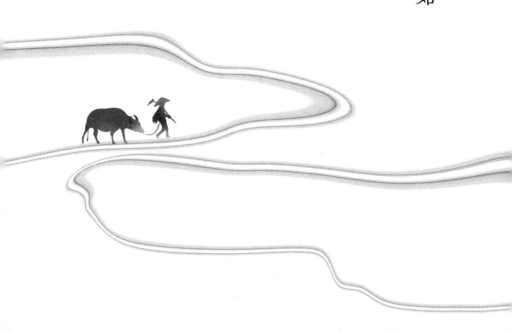

我说不出有四个孩子那户人家的穷。他们垒在库车河边的矮小房子，萎缩地挤在一片同样低矮的民舍中间。家里除了土炕上半片烂毡和炉子上一只黑黑的铁皮茶壶，再什么都没有。没有地，没有果园，没有生意。四个未成年的孩子，大的十二三岁，小的几岁，都待在家里。母亲病恹恹的样子，父亲偶尔出去打一阵零工，我不知道他们怎么生活。快中午了，那座冷冷的炉子上会做出怎样一顿饭食，他们的粮食在哪里？

我同样说不出坐在街边那个老人的孤独，他叫阿不利孜，是亚哈乡农民。他说自己是挖坎土曼的人，挖了一辈子，现在没劲了。村里把他当"五保户"，每月给一点口粮，也够吃了，但他不愿待在家等死，每个巴扎（集市）日他都上老城来。他在老城里有几个"关系户"，隔些日子他便去那些人家走一趟，他们好赖都会给他一些东西：一块馕、几毛钱、一件旧衣服。更多时候他坐在街边，一坐大半天，看街上赶巴扎的人，听他们吆喝、讨价还价。看着看着他瞌睡了，头一歪睡着。他对我说，小伙子，你知道不知道，死亡就是这个样子，他们都在动，你不动了。你还能看见他们在动，一直地走动，却没有一个人走过来，喊醒你。

这个老人把死亡都说出来了，我还能说些什么。

我只有不停地走动。在我没去过的每条街每个巷子里走动。我一个人不认识，又好似全都认识。那些叫阿不都拉、买买提、古丽的人，我不会在另外的地方遇见。他们属于这座老城的陈旧街巷。他们低矮得都快碰头的房子、没打直的土墙、在尘土中慢慢长大却永远高不过尘土的孩子，我目光平静地看着这些时，的确心疼着在这种不变的生活中耗掉一生的人们。我知道我比他们生活得要好一些，我的家景看上去比他们富裕。我的孩子穿着漂亮干净的衣服在学校学习，我的妻子有一份收入不菲的体面工作，她不用为家人的吃穿发愁。

可是，当我坐在街边，啃着买来的一块馕，喝着矿泉水，眼望走动的人群时，我知道我和他们是一样的，尘土一样多地落在我身上。我什么都不想，有一点饥饿，半块馕就满足了。有些瞌睡，打个盹又醒了。这个时刻一直延长下去，我也可以和他们一样，在老城的缓慢光阴中老去。我的孩子一样会光着脚，在厚厚的尘土中奔来跳去，她的欢笑一点不会比现在少。

我能让这个时刻一直延长下去吗？

这一刻，我另外的一生仿佛已经开始。我清楚地看见另一种生活中的我自己：眼神忧郁，满脸胡须，背有点驼。名字叫亚生，或者买买提，是个木工，打馕师傅，或者是铁匠，会一门不好不坏的手艺。年轻时靠力气，老了靠技艺。我打的镰刀把多少个夏天的麦子割掉了，可我，每年挣的钱刚够吃饱肚子。

我没有钱让我的女儿上学，没有钱给她买漂亮合身的衣服。她的幸福在哪里我不知道，她长大，我变老。等她长大了还要在这条老街上寻食觅吃，等我变老了依旧一无所有。

你看，我的腿都跑坏了还是找不到一个好的归宿，我的手指都变僵硬了还没挣下一点养老的粮食。

我会把手艺传给女儿，教她学打铁，像吐迪家的女铁匠一样，打各种精巧耐用的铁器，挂在墙上等人来买。我不知道她是否喜欢这种叮叮当当的生活，不喜欢又能去做什么。如果我什么手艺都没有，我就教她最简单简朴的生活，像巴扎上那些做小买卖的妇女，买一把香菜，分成更小的七八把，一毛钱一把地卖，挣几毛钱算几毛。重要的是我想教会她快乐。我留下贫穷，让她继承；留下苦难，让她承担。我没留下快乐，她要学会自己寻找，在最简单的生活中找到快乐，把自己漫长的一生度过。

我不知道这种日子的尽头是什么。我的孩子，没人教她，她自己学会舞蹈，快乐的舞蹈、忧伤的舞蹈。在土街土巷里跳，在果园葡萄架下跳。没有红地毯也要跳，没有弹拨伴奏也要跳。学会唱歌，把快乐唱出来，把忧伤唱出来，唱出祖祖辈辈的梦想。如果我们的幸福不在今生，那它一定会在来世。我会教导我的孩子去信仰。我什么都没留下，如果再不留给她信仰，她靠什么去支撑漫长一生的向往。

如果我死了——不会有什么大事，只是一点小病，我没钱去医治，一直拖着，小病成大病，早早地把一生结束了。那时我的女儿才十几岁，像我在果园小巷遇到的那个叫古丽莎的女孩一样，她十二岁没有了父亲，剩下母亲和一个妹妹。她从那时起辍学打工，学钉箱子。开始每月挣几十块钱，后来挣一百多块，现在她十七岁了，已经是一个技艺娴熟的制箱师傅，一家人靠她每月二百五十元到三百元的收入维持生活。

古丽莎长得清秀好看，一双水灵的大眼睛里，闪烁着她这个年龄女孩子少有的忧郁。那个下午，我坐在她身旁，看她熟练地把铜皮包在木箱上，又敲打出各种好看的图案。我听她说家里的事：母亲身体不好，一直待在家，妹妹也辍学了，给人家当保姆。我问一句，古丽莎答一句，我不问她她便低着头默默干活，有时抬头看我一眼。我不敢看她的眼睛，那个时刻，我就像她早已过世的父亲，羞愧地低着头，看着她一天到晚地干活，小小年纪就累弯了腰，细细的手指变得粗糙。我在心里深深地心疼着她，又面含微笑，像另外一个人。

　　如果我真的死了，像经文中说的那样，我会坐在一颗闪亮的星宿上，远远地望着我生活过的地方，望着我在尘土中劳忙的亲人。那时，我应该什么都可以说出来，一切都能够说清楚。可是，那些来自天上的声音，又是多么遥远模糊。

　　我四处找我的驴，这畜生正当用的时候就不见了。驴圈里空空的。我查了查行踪——门前土路上一行梅花篆的蹄印是驴留给我的条儿，往前走有几粒墨黑的鲜驴粪蛋算是日期和签名吧。我捡起一粒放在嘴边闻闻，没错，是我的驴。这阵子它老往村西头跑，又是爱上谁家的母驴了。我一直搞不清驴和驴是怎么认识的，它们无名无姓，相貌也差不多，唯一好分辨的也就是公母——往裆里乜一眼便了然。

　　正是人播种的大忙季节，也是驴发情的关键时刻。两件绝顶重要的事对在一起，人用驴时驴也正忙着自己的事——这事比拉车犁地还累驴。土地每年只许人播种一次，错过这个时节种啥都白种。母驴也在一年中只让公驴沾一次身，发情期一过，公驴再纠缠都是瞎骚情。

我没当过驴，不知道驴这阵子咋想的。驴也没做过人。我们是一根缰绳两头的动物，说不上谁牵着谁。时常脚印跟蹄印像是一道的，最终却走不到一起。驴日日看着我忙忙碌碌做人，我天天目睹驴辛辛苦苦过驴的日子。我们是彼此生活的旁观者、介入者。驴长了膘我比驴还高兴。我种地赔了本驴比我更垂头丧气。驴上陡坡陷泥潭时我会毫不犹豫地将绳搭在肩上，四蹄爬地做一回驴。

我炒菜的油香飘进驴圈时，驴圈里的粪尿味也窜入门缝。

我的生活容下了一头驴、一条狗、一群杂花土鸡、几只咩咩叫的长胡子山羊，还有我漂亮可爱的妻子女儿。我们围起一个大院子、一个家。这个家里还会有更多生命来临：树上鸟、檐下燕子、冬夜悄然来访的野兔……我的生命肢解成这许许多多的动物。从每个动物身上我找到一点自己。渐渐地我变得很轻很轻，我不存在了，眼里唯有这一群动物。当它们分散到四处，我身上的某些部位也随它们去了。有一次它们不回来或回来晚了，我便不能入睡。我的年月成了这些家畜的圈。从喂养、使用到宰杀，我的一生也是它们的一生。我饲养它们以岁月，它们饲养我以骨肉。

我觉得我和它们处在完全不同的时代。社会变革跟它们没一点关系，它们不参与，不打算改变自己。人变得越来越聪明时，它们还是原先那副憨厚样子，甚至拒绝进化。它们的身体和心灵都停留在远古。当人们抛弃一切进入现代，它们默默无闻地伴前随后，保持着最质朴的品质。我们不能不饲养它们。同样，也不能不宰杀它们。我们的心灵拒绝它们时，胃却离不开它们。

也就是说，我们把牲畜一点不剩地接受了，除了它们同样憨厚的后代。我们没给牲畜留下什么，牲畜却为我们留下过冬的肉，以后好多年都穿不破的皮衣，还有那些永远说不清道不明的思绪。

有一次我小解，看见驴正用一只眼瞅我裆里的东西，眼神中带着明显的藐视和嘲笑。我猛然羞愧自卑起来——我在站满男人的浴池洗澡时，在脱光排成一队接受医生体检时，在七八个男生的大宿舍排老大、老二、老三时，甚至在其他有关的任何场合，都没自卑过。相反，却带着点自豪与自信。和驴一比，我却彻底自卑了。在驴面前我简直像个未成年的孩子。我们穿衣穿裤，掩饰身体隐秘的行为被说成文明。其实是我们的东西小得可怜，根本拿不出来。身旁一头驴就把我比翻了。瞧它活得多洒脱，一丝不挂。人穿衣乃遮羞掩丑，驴无丑可遮，它的每个部位都是最优秀的。它没有阴部。它精美的不用穿鞋套袜的蹄子，浑圆的脊背和尻蛋子，尤其两腿间粗大结实、伸缩自如的那一截子，黑而不脏，放荡却不下流。

自身比不了驴，只好在身外下功夫。我们把房子装饰得华丽堂皇，床铺得柔软又温暖。但这并不比驴睡在一地乱草上舒服。咋穿戴打扮我们也不如驴那身皮毛自然美丽，货真价实。

驴沉默寡言，偶尔一叫却惊天地泣鬼神。我的声音中偏偏缺少亢奋的驴鸣，这使我多年来一直默默无闻。常想驴若识字，我的诗歌呀散文呀就用不着往报刊社寄了。写好后交给驴，让它用激昂的大过任何一架高音喇叭的鸣叫向世界宣读，那该有多轰动。

我一生都在做一件无声的事，无声地写作，无声地发表。我从不读出我的语言，读者也不会，那是一种更加无声的语言。我的写作生涯因此变得异常寂静和不真实，仿佛一段黑白梦境。我渴望我的声音中有朝一日迸发出驴鸣，哪怕以沉默十年为代价，换得一两句高亢鸣叫我也乐意。

多少漫长难耐的冬夜，我坐在温暖的卧室喝热茶看书，偶尔想到阴冷圈棚下的驴，它在看什么，跟谁说话。

总觉得这鬼东西在一个又一个冷寂的长夜，双目微闭，冥想着一件又一件大事。想得异常深远、透彻，超越了任何一门哲学、玄学、政治经济学。天亮后我牵着它拉车干活时，并不知道牵着的是一位智者、圣者。它透悟几千年的人世沧桑，却心甘情愿被我们这些活了今日不晓明天的庸人牵着使唤。幸亏我们不知道这些，知道了又能怎样呢？难道我们会因此把驴请进家，自己心甘情愿去做驴拉车，住阴冷驴圈？

我是通驴性的人。而且我认为，一个人只有通了驴性，方能一通百通，更通晓人性。不妨站在驴一边想想人，再回过头站在人一边想想驴。两回事搁在一块想久了，就变成一回事。驴的事

也成了人的事，人的事也成了驴的事。实际上生活的处境常把人
畜搅得难分彼此。

　　每当驴发情的喜庆日子，我宁可自己多受点累也绝不让我的
驴筋疲力尽，在母驴面前丢我的人。村里人议论张家的驴没本事，
连最矮的母驴都爬不上去。说李家的驴举而不坚，说王家的驴是
瞎孙，那东西上不长眼睛。我绝不许刘家的驴落此劣名。每当别
人夸我的驴时，我都像自己受了夸一般窃喜无比。我把省吃的精
粮拌给驴吃，我生怕它没精神。我和妻子荒睡几个晚上不要紧，
人一年四季都可亲近，不在乎一夜半宿。驴可干的是面子上的事。
驴是代表我当着全村男人女人的面耀威扬雄。驴不行村里人会说
这家男人不行，在村里啥弄不好都会怪男人的。地不出苗是男人
没本事，瓜不结果是男人功夫不到，连母羊不下羔都轮不到公羊
负责。好在我的驴年年为我争光长面子。它是多么通人性的驴啊，
风流了大半日回来，汗流浃背，也不休息一下便径直走到棚下，
拉起车帮我干活了。驴的舒服和满足通过缰绳传到我身上。缰绳
是驴和我之间的忠实导线。我的激动、兴奋和无可名状的情绪也
通过缰绳传递给驴。一根绳那头的生命，幸福、遥远、鬼祟、望
尘莫及。有时嫉妒地想，驴的那东西或许本来是我的，结果错长
在驴身上。要么我的欲望是驴的。我瘦小羸弱的躯体上负载着如
此多如此强烈的欲望，而那些雄健无比的大生命却优哉游哉。它
们身佩大壮之器，只把雄心壮志空留给我，任这个弱小身子去折

腾、去骚动、去拼命。

驴不会把它的东西白给我，我也不会将拥有的一切让给驴。好好做人是我的心愿，乖乖当驴是驴的本分。无论乖好与否，在我卑微的一生中，都免不了驴一般被人使唤，放弃自己想做的事，想住的房子，想爱的人乃至想说的话。一旦鞭子握在别人手里，我会首先想到驴，宁肯爬着往前走绝不跪着求生存，把低贱卑微的一生活得一样自在、风流且亢奋，而且并不因此压低嗓门，低声下气，用激扬的鸣叫压过沸沸人声。必要时，还要学一点"拉着不走打着后退"的倔强劲。驴也好，人也好，永远都需要一种无畏的反抗精神。

驴对人的反抗恰恰是看不见的。它不逃跑，不怒不笑（驴一旦笑起来是什么样子）。你看不出它在什么地方反抗了你，抵制了你，伤害了你。对驴来说，你的一生无胜利可言，当然也不存在遗憾。你活得不如人时，看看身边的驴，也就好过多了。驴平衡了你的生活，驴是一个不轻不重的砝码。你若认为活得还不如驴时，驴也就没办法了。驴不跟你比。跟驴比时，你是把驴当成别人或者把自己当成驴。驴成了你和世界间的一个可靠系数，一个参照物。你从驴背上看世界时，世界正从驴胯下看你。

所以卑微的人总要养些牲畜在身旁方能安心活下去。所以高贵的人从不养牲畜而饲一群卑微的人在脚下。

世界对于任何一个人都是强大的，对驴则不然。驴不承认世界，它只相信驴圈。驴通过人和世界有了点关系，人又通过另外的人和世界相处。谁都不敢独自直面世界，但驴敢，驴的高亢鸣叫是对世界的强烈警告。

我找了一下午的驴回来，驴正站在院子里，那神情好像它等了我一下午。驴瞪了我一眼，我瞪了驴一眼。天猛然间黑了，夜色填满我和驴之间的无形距离，驴更加黑了。我转身进屋时，驴也同时进了驴圈。我奇怪这个时候我们竟没走错。夜再黑，夜空是晴朗的。

只剩下风

我想听见风从很远处刮来的声音，听见树叶和草屑撞到墙上的声音，听见那根拴牛的榆木桩直戳戳划破天空的声音。

什么都没有。

只有空气，空空地跑过去，像一个黑暗中没有偷到东西的贼。

西边韩三家院子只剩下几堵破墙，东边李家的房子倒塌在乱草里，风从荒野到荒野，穿过我们家空荡荡的院子。再没有那扇一开一合的院门，像个笨人掰着手指一下一下地数着风。再没有圈棚上的高高草垛，让每一场风都撕走一些，再撕走一些，把呜呜的撕草声留在夜里。

风刮开院门是一种声音，父亲夜里起来去顶住院门时又是另一种声音——风被挡住了。风在院门外喊，像我们家的一个人回来晚了，进不了门。我们在它的喊声里醒来，听见院门又一次被刮开，听见风呼呼地鼓满院子，顶门的歪木棍扑腾倒在地上，然后一声不吭。它是歪的，滚不动。

我一直清楚地记得父亲在深夜走过院子的情景，记得风吹刮他衣服的声音。他或许弓着腰，一手按着头上的帽子，一手捂着衣襟，去关风刮开的院门。刮风的夜晚我们都不敢出去，或者装睡不愿出去。躺在炕上，我听见父亲在院子里走动，听见他的脚步被风刮起来，像树叶一样一片接一片飘远。

那样的夜晚我总有一种隐隐的担心。门大敞着，我总是害怕父亲会顶着风走出院门，走过马路，穿过路那边韩三家的院子，一直走进西边的荒野，再不回来。

许多年前，先父就是在这样一个深夜（深得都快看见曙色了），独自从炕上坐起来，穿好衣裳出去，再没有回来。那时我太小了，竟没听见他开门关门的声音，没听见他走过窗口的脚步和轻微的一两声咳嗽。或许我听见了。肯定听见了，只是我还不能从记忆里认出它们。

那时候，一刮风我便能听见各种远远近近的声音。地下密密麻麻的树根将大地连接在一起，树根之间又有更密麻的草根网在一起，连树叶也都相连着，刮风时一片叶子一动，很快碰动另一片，另一片又碰动另一片，一会儿工夫，百里千里外的树叶像骨牌一样全哗啦啦地动起来。那时我耳朵贴在黄沙梁任何一棵树根上，就能听见百里外另一棵树下的动静。那时我随便守住一件东西，就有可能知道全部。

可是现在不行了，什么都没有了。大树被砍光，树根朽在地里，草成片枯死，土地龟裂成一块一块的。能够让我感知大地声息的那些事物消失了，只剩下风，它已经没有内容。

一切都没有过去

　　我对库车的兴趣源于许多年前的一次南疆之行。那时我刚从新疆北部一个偏僻的小村庄走出，天山以南的南疆对我来讲还是一片完全陌生的地域，我对迎面而来的更广阔无边的戈壁荒漠惊叹不已。那是一次漫长而紧促的行旅，几千公里的路途，几乎没有在哪儿停顿过，沿途一阵风一样穿过的那些维吾尔族人居住的村落城镇，就像曾经的梦境般熟悉亲切。低矮破旧的土房子、深陷沙漠的小块田地、环屋绕树的袅袅炊烟，以及赶驴车下地的农人——仿佛我是生活在其中的一个人，又永远地置身其外。一切都像一场梦一样飘忽，一阵风一样没有着落。也许为弥补那次行旅的紧促，梦中我又沿那条长路走过无数次。

　　记得我们在一个周五的黄昏到达库车老城，满街的毛驴车正在散去。那是老城每周一次的巴扎日。我们将车停在库车河边，在写有"龟兹古渡"的桥头旁的一家维吾尔族饭馆吃晚饭，街上一片凌乱，没卖掉的农具、手工制品和农产品正被收拾起来，装上毛驴车。赶集的人渐渐走散，消失在夕阳尘土里，临街的门窗悄然关闭，仿佛库车的热闹到此为止。只有街对面，一位维吾尔族妇女依旧端坐在那里，她的褐色纱巾一直垂到膝盖，卖剩的半筐馕摆在面前，街上离散的人群似乎跟她没有关系。

那时我对库车的历史知之甚少，现在仍不会知道更多。除了史书上有关库车——古龟兹国的一些片段文字，以及残存在这块土地上让人吃惊的千佛洞窟和古城遗址，库车的历史从来就没被谁清晰地看见过。

而比历史更近的，坐在街边卖馕的那个维吾尔族妇女的生活，已经离我十分遥远了。在我看来，她披在头上的纱巾并不比两千年的历史帷幕单薄。她从哪里来？她叫什么名字？在这座老城的低矮土巷里，她过着怎样一种生活？她的红柳条筐是千年前的模样，她卖剩的馕仿佛放了几个世纪？还有，那纱巾后面，一双怎样的眼睛在看着我们，看着这个黄昏人世？

我禁不住走过去，向她买一块馕。多少钱一块？我想听见纱巾背后的声音，却没有，她只微微抬臂，伸出一个指头。我递给她一块钱。

那块馕上肯定落了一天的尘土，我看不见。馕是麦黄色的。她递给我时用手拍打了两下，我接过来，也学她的样子拍打两下，又嘴对着吹了几口，也不见有土吹打下来，只有昏黄的暮色落在上面。

我转过身，街上已经空荡荡了，临街的几家饭馆亮起了灯。我们原打算在库车住一夜，吃了一大盘抓饭后，都有了精神，便又决定继续赶路，库车城就这样埋在身后的长夜里。

那时想，我或许是一个运气不好的人，紧赶慢赶，赶在了一个黄昏末世。那些我喜欢的延续久远的东西正在消失，而那些新东西，过多少年才会被我熟悉和认识。我不一定会喜欢未来，我渴望在一种人们过旧的年月里安置心灵和身体。如果可能，我宁愿把未来送给别人，只留下过去，给自己。

库车老城是一处难得的昔年旧址。我想象中的古老生活，似乎就在那些土街土巷里完整地保存着。有时我会想起那个卖馕的维吾尔族妇女，她纱巾后面的一双眼睛，她永远卖不完、剩下一个等着谁的麦黄圆馕。想起摆在老城街边的手工农具、铜器，那一切，会不会在我偶然途经的那个黄昏，永远消失？

直到这次，我再来到库车，看到多年前一晃而过的老城还在那里。穿城而过的库车河、龟兹古渡、清真寺、满街的毛驴车，仿佛时光在这里停住，一切都没有过去，只有我的年华在流失。

　　随着中年来临，我正一点点地接近那些古老事物。我和它们就像曾经沧海的一对老人一样一见如故。我走了那么多地方，看了那么多书，思考了那么多事情，到头来我的想法和那个坐在街边打盹的老人一模一样。你看他一动不动，就到了我一辈子要走到的地方。

　　而我，还在半路上呢。

一个人回来

　　我突然出现在村子中间的马路上，晕晕乎乎，仿佛我一直在这条路上来来回回走了多少年，这一刻突然看见一个长大的、正在老掉的自己，站在马路上，一副茫然样子。

　　村子少了许多东西，光秃秃的，有点不太像黄沙梁。天空也像少了许多东西，空空荡荡。我顺着马路一边往北走，走过一院拆掉的破房子，站下来看了看，是孟照家的房子，不知他们搬哪儿去了。太阳就要落地了，还有半房高。这时的太阳就像与我年龄相仿的一个人，面对面站着，手伸过去，能和平射过来的夕阳亲热相握。许多年前我握住过这里的缕缕阳光。我知道每天的太阳，从哪几株芦草间升起，又从哪一棵榆树旁落下去。

　　空气中黄黄的，满是尘土。

　　一个人早年蹚起的尘土，在他回来时开始慢慢往下落，落在脚下和身上。没碰见一条狗，也没听见狗叫，也没有人喊人的声音，仿佛一天突然停住。我觉得头有点重，头上像落了许多土。

应该有一个东西出来迎迎我，哪怕一只鸡、一头驴。可是没有，只有尘土慢慢往下落。太阳落在村外荒野，像一张远走他乡的脸蓦然回转。我被它望得有些伤感。在这样一个黄昏里，我想一个人回来，和一粒尘土落下，是一样大小的事情。

我记得这条路一直穿过村子通到北边的荒野。马路将村子大致分成对称的两长溜子，站在沙梁上看村子像一只展开双翅的鸟，随时都可能飞走。那时我夜夜梦见自己在村子上空飞。我知道村里的许多人会在梦里飞。我在空中经常遇见他们，脸朝下，叉着腿，脚上穿着布鞋。能看清鞋底的泥巴和土。看见磨烂的鞋帮、从鞋尖破洞里露出的大脚趾。

一到晚上夜空就显得拥挤，地上稀疏地摆着些房子。我们飞起时从没把房子驮到天上去。在天上我们没有房子，所以飞来飞去都落到村庄里。我知道房子有时在它自己的梦中飞往别处，一样没带上我们。那时一村人在睡梦中，房子飘然而去。一户一户的人，裸躺在地上，星光洒在脸上。他们中间的一个人，突然醒来，站起身，惊讶地望着没有一间房子的黄沙梁。

后来一些新来的人家在沙沟沿盖了一溜矮房子，村子的模样便变成一把镰刀状。路依旧直穿过村子，不知村里人会不会在梦中飞了。我依旧夜夜盘飞在星空，底下是一片一片的荒芜田地。

谁家的牛圈盖在了路上，把路挤弯了。圈墙是新垒的，又高又显眼。看不见里面的牲口，圈棚很大，伸出墙头的椽子还白生生的，没经过多少日晒雨淋。绕过圈棚这段路也没踏瓷实，满是浮土。我花了好几分钟才绕过去，一拐过墙角，一条向北的村道出现在眼前，一下我全认出来了——这就是那条在我梦中出现过多少次的村路。时隔二十年，我依旧能指出路两旁每户人家的房子，说出他们每个人的样子。我的整个少年、青年时代就是在这里度过的。

小冉的摩托车把我扔到村子里便回去了，他说过两天来接我，我不清楚过两天到底是几天，待要问时，路上只剩下一溜子尘土。

我有点头晕。中午在老沙湾棉加厂喝了不少酒。小冉是棉加厂会计，他和厂长曾孝义招待了我。吃的是这一带有名的大盘鸡、大盘鱼。

小饭馆孤零零地立在棉加厂院外的盐碱滩上，也没个店名，饭厅是一小间矮土房子，人进去头离房顶不足半尺，黑油油的碱蒿子围在四周。五年前，曾孝义和他的同乡们在这片荒滩上建起了棉花加工厂。他是这一带有名的"一把手"，他的另一只手建厂时喂机器了。他用剩下的一只左手和我握手，用左手吃菜、划拳、端酒杯,似乎绰绰有余。

在我三十岁左右的十几年里,老沙湾是我去得最多的一个地方。每次我走到这里都会不由自主地停住,再不朝前走一步。我的好几个朋友住在这个村庄里。我经常骑摩托车跑几十公里路到老沙湾喝酒,一喝一整天,晚上晕晕乎乎睡过去,第二天醒了接着喝。

每次喝了酒我都要爬到村子北边的沙梁上,远远地望一阵。从这道沙梁上能隐约看见荒野那边的黄沙梁村,那一片矮矮的跟草一般高的土房子,只露出点房顶。天气好时能看见村子上头冒几缕炊烟,像几根枯草似的,弱弱地摇一阵又不见了。看见炊烟我便放心了,说明黄沙梁还在喘气。一个村庄要是很久不冒一股烟,就有可能死掉了。

我见过几个已经死掉的村庄,啥也没有了,只剩几堵断墙,被风吹得光溜溜,像骨头似的。在一个断墙上还立着一截烟囱,从远处看就像墙上站着一个人。我在这堵墙边站了一阵,墙上的烟道还好好的。我想点一把火,让这个烟囱再冒一股子烟,转了一圈,连一把干草都找不见。啥也没有了。这个死掉的村子在黄沙梁西边的荒野里,没人知道它叫什么名字。在黄沙梁时我经常梦见那地方,我被人追着追着一下飞起来,有时落到那些断墙上。地上全是月光,厚厚的,像一层一层的锈,我跳下去,月光能没到腰部。有时那地方出现一大片房子,一间连一间,我无意中迈脚进去，推开一扇门，再推开一扇门，越走越深，越走越害怕，我想逃出去飞掉，一伸手臂就碰到房顶。房顶上木头纵横交错，像树根一样。

我们正喝着酒，进来一群浑身沾满棉花的人。小饭店没有窗户，他们一个接一个进来时，像风中的门一开一合，小饭馆里一下一下地黑了七八次。他们围着旁边的一张桌子坐下，要了一盘鸡，两瓶沙湾特曲。

"今年棉花卖得咋样？"曾孝义和那些人很熟悉地打着招呼。

"嗯，行哩。比去年要好一些。"

"钱拿上没有？"

"拿上了。"

"那就好好喝一场再回去。"

我低着头听他们说话。那些人全盯着我看。

"你是刘二吧？"其中一个声音不大地说了一句。

"我是陈三元，住在你们家房后面。我一进门就认出你了，大模样没变，就是头发掉了些。"

他笑嘻嘻地望着我，那样子就像找到了他们丢失多年的家畜。我不敢否认，只好老老实实承认，端酒过去挨个跟他们碰了一杯，随口问了几句村子里的事。

他们全是黄沙梁人。一进门我就认出了他们，只是忘了名字，不知该怎么称呼。以前我知道黄沙梁所有东西的名字，我能一个一个地叫出它们。我还给许多没有名字的东西起名字，自己一个人叫，也不管它们是否答应。后来我几乎忘记了所有东西的名字。出现在记忆中的只是那些事物本身，活生生的，我把它们的名字丢掉了，却异乎寻常地更熟悉和认识它们。那时候，我还不懂得说出没有名字的东西，它们只是我一个人的。

"刘二，跟我们回去看看吧。你都二十来年没回过黄沙梁了。搬走了也是你的老家嘛。"

"你爹早些年还经常赶马车去。"

"你大哥也经常去。"

那些黄沙梁人吃饱喝足了临走时又对我说。

"你们家房子都让冯三住坏了。门楼去年秋天让猪拱倒了。房子就剩下一间，另两间早几年就塌掉了。"

他们无意间的这几句话让我心里猛地一紧。酒全涌到了头上。

"小冉，你送我到黄沙梁。我要去看看我们家房子。"那些人走了之后我再没兴致喝酒，身体的某个地方突然不行了，像一堵墙倒塌下来。

一个地方的睡眠

昨晚郭卫镇长请摄制组吃饭。吃得好，交谈得也好。这是摄制组进入四道河子以来最为愉快的一次酒席。喝到尽兴欢快而散。我随朋友出去打"炸金花"，打到半夜，赢三四百元，上次已经输空的口袋里又有几个钱了。

凌晨四点多，我一个人回招待所。铁皮卷帘门紧锁着，敲了几下，不敢再敲了。整个小镇静悄悄的。我敲出的声音太大太吓人，把我自己吓住了。我从来没有在一个地方弄出这么大声音。肯定已经吵醒楼上的人，吵醒旁边这一排小楼上的人，甚至吵醒对面那排小楼上的人。也许我的敲门声把这个小镇的人全吵醒了，他们肯定在暗暗地恨我，骂我。

一个地方的睡眠是多么美好珍贵！谁也没权力让他们在这个时候醒来。人们的睡眠是绝对独立的，没有谁能统治人们的睡眠和梦，所有的统治手段均针对人的清醒。

我还会在这个地方醒来，就像我还会在这个地方睡去。

睡着时，我完全是自己的。

如果我一直不醒来，谁叫都不醒来，一直沉睡下去，田野青了黄，黄了青，我们还在梦里。我们用睡眠消灭掉那些想统治我们的人。在我们的沉睡中一个又一个时代消亡，一群又一群伟人死去，当我们醒来时，身旁鸣叫着的，依旧是那些最微小的虫子。

现在，我也该扔下笔，加入人类的睡眠中了。

我改变的事物

　　我年轻气盛的那些年，常常扛一把铁锨，像个无事的人，在村外的野地上闲转。我不喜欢在路上溜达，那个时候每条路都有一个明确去处，而我是个毫无目的的人，不希望路把我带到我不情愿去的地方。我喜欢一个人在荒野上转悠，看哪里不顺眼了，就挖两锨。那片荒野不是谁的，许多草还没有名字，胡乱地长着。我也胡乱地生活着，找不到值得一干的大事。在我年轻气盛的时候，那些很重很累人的活都躲得远远的，不跟我交手。等我老了没力气时又一件接一件来到生活中，欺负一个老掉的人。我想，这就是命运。

　　有时，我会花一晌午工夫，把一个跟我毫无关系的土包铲平，或在一片平地上无辜地挖一个大坑。我只是不想让一把好锨在我肩上白白生锈。一个在岁月中虚度的人，再搭上一把锨、一幢好房子，甚至几头壮牲口，让它们陪你虚晃荡一世，那才叫不道德呢。当然，在我使唤坏好几把铁锨后，也会想到村里老掉的一些人，没见他们干出啥大事便把自己使唤成这副样子，腰也弯了，骨头也散架了。

几年后当我再经过这片荒地，就会发现我劳动过的地上有了些变化，以往长在土包上的杂草下来了，和平地上的草挤在一起，再显不出谁高谁低。而我挖的那个大坑里，深陷着一窝子墨绿。这时我内心的激动别人是无法体会的——我改变了一小片野草的布局和长势。就因为那么几锨，这片荒野的一个部位发生变化了，每个夏天都落到土包上的雨，从此再找不到这个土包。每个冬天也会有一些雪花迟落地一会儿——我挖的这个坑增大了天空和大地间的距离。对一头跑过这片荒野的驴来说，这点变化算不了什么，它在荒野上随便撒泡尿也会冲出一个不小的坑来。而对于一只世代生存在这里的小虫，这点变化可谓天翻地覆，有些小虫一辈子都走不了几米，在它的领地随便挖走一锨土，它都会永远迷失。

有时我也会钻进谁家的玉米地，蹲上半天再出来。到了秋天就会有一两株玉米，鹤立鸡群般耸在一片平庸的玉米地中。这是我的业绩，我为这户人家增收了几斤玉米。哪天我去这家借东西，碰巧赶上午饭，我会毫不客气地接过女主人端来的一碗粥和半块玉米饼子。

我是个闲不住的人，却永远不会为某一件事去忙碌。村里人说我是个"闲锤子"，他们靠一年年的勤劳改建了家园，添置了农具和衣服。我还是老样子，他们不知道我改变了什么。

一次，我经过沙沟梁，见一棵斜长的胡杨树，有碗口那么粗吧，我想它已经歪着身子活了五六年了。我找了根草绳，拴在邻近的一棵榆树上，费了很大劲把这棵树拉直。干完这件事我就走了。两年后我回来的时候，一眼看见那棵歪斜的胡杨已经长直了，既挺拔又壮实，拉直它的那棵榆树却变歪了。我改变了两棵树的长势，而现在，谁也改变不了它们了。

我把一棵树上的麻雀赶到另一棵树上，把一条渠里的水引进另一条渠。我相信我的每个行为都不同寻常地充满意义。我是一个平常的人，住在这样一个偏僻小村庄里，注定要无所事事地闲逛一辈子。我得给自己找点闲事，有个理由活下去。

我在一头牛屁股上拍了一锨，牛猛蹿几步，落在最后的这头牛一下子到了牛群最前面，碰巧有个买牛的人，这头牛便被选中了。对牛来说，这一锨就是命运。我赶开一头正在交配的黑公羊，让一头急得乱跳的白公羊爬上去，这对我来说只是个小动作，举手之劳。羊的未来却截然不同了，本该生下黑羊羔的那只母羊，因此只能生下白羊羔了。黑公羊肯定会恨我的，我不在乎。恨我的那只羊和感激我的那只羊，都在牧羊人的吆喝里，尘土飞扬地翻过了沙梁。

它们再被吆回来时，已是另一个黄昏了。那时我正站在另一道沙梁上，目送落日呢。没人知道这一天的太阳是我送走的。每天黄昏独自站在沙梁上，向太阳挥手告别的那个人就是我。除了我，谁会做这个事呢？家里来个客人走了，都会有人送到村头。照耀了我们一整天的太阳走了，却没有人送别。他们不干的事就是我的事。我一直看着太阳走远，当它落在地平线上，那红彤彤的半个脸庞依依不舍地看着我时，我知道这个村庄里它只认得我。因为明天一早，独自站在村东头招手迎接日出的，肯定还是我。

当我五十岁的时候，我会很自豪地目睹因为我而成了现在这个样子的大小事物，在长达一生的时间里，我有意无意地改变了它们，让本来黑的变成白的，本来向东的去了西边……而这一切，只有我一个人清楚。

我扔在路旁的那根木头，没有谁知道它挡住了什么。它不规则地横在那里，是一种障碍，一段时光中的堤坝，又像是一截指针，一种命运的暗示。每天都会有一些村民坐在木头上，闲扯一个下午。也有几头牲口被拴在木头上，一个晚上去不了别处。因为这根木头，人们坐到了一起，扯着闲话商量着明天、明年的事。

因此，第二天就有人扛一架农具上南梁坡了，有人骑一匹快马上胡家海子了……而在这个下午之前，人们都没想好该去干什么。没这根木头生活可能会是另一个样子。坐在一间房子里的板凳上和坐在路边的一根木头上商量出的事肯定是两种完全不同的结果。

多少年后当眼前的一切成为结局，时间改变了我，改变了村里的一切。整个老掉的一代人，坐在黄昏里感叹岁月流逝、沧桑巨变，没人知道有些东西是被我改变的。在时间经过这个小村庄的时候，我帮了时间的忙，让该变的一切都有了变迁。我老的时候，我会说，我是在时光中活老的。

把时间绊了一跤

我看见早晨的阳光，穿过村子时变慢了。时光在等一头老牛。它让一匹朝东跑的马先奔走了，进入一匹马的遥遥路途，在那里，尘土不会扬起，马的嘶叫不会传过来。而在这里，时光耐心地把最缓慢的东西都等齐了，连跑得最慢的蜗牛，都没有落在时光后面。

刘二爷说，有些东西跑得快，我们放狗出去把它追回来。有些东西走得比我们慢，我们叫墙立着等它们，叫树长着等它们。我们最大的本事，就是能让跑得快的、走得慢的都和我们待在一起。

我在这里看见时光对人和事物的耐心等候。

四十岁那年我回到村里，看见我五岁时没抱动的一截木头，还躺在墙根。我那时多想把它从东墙根挪到房檐下。仿佛我为了移动这截木头又回到村庄。我二十岁时就能搬动这截木头，可我顾不上这些小事。我在远处。三十岁时我又在干什么呢？我长大后做的哪件事是那个五岁孩子梦想过的？我回来搬这截木头，幸亏还有一截没挪窝的木头。

我五十岁时，比我大一轮的张望瞎了眼，韩三瘸了一条腿，冯七的腰折了。就是我们这些人，在拖延时间，我们年轻时被时间拖着腿，老了我们用跑瘸的一条腿拖住时间，用望瞎了的一双眼拖住时间。在我们拖延的时间里，儿孙们慢慢长大，我们希望他们慢慢长大，我们有的是时间让他们慢慢长大。

时间在往后移动，所以我们看见的全是过去。我们离未来越来越远，而不是越来越近。时光让我们留下来，许多时光没有到来。好日子都在远路上，一天天朝这里走来。我们只有在时光中等候时光，没有别的办法。你看，时间还没来得及在一根刮磨一新的铁锨把上，留下痕迹。时间还没有磨皱那个孩子远眺的双眼，但时光确实已经慢了下来。

每天一早一晚，站在村头清点人数的张望，可能看出些时光的动静。当劳累一天的韩瘸子牵牛回到家，最后一缕夕阳也走失在西边荒野。一年年走掉的那些岁月都到哪儿去了？那道夜晚透进阵阵寒风的门缝，也让最早的一束阳光照在我们身上。那头傍晚干活回来的老牛，一捆青草吃饱肚子。太阳落山后，黄昏星亮在晚归人头顶。在有人的旷野上，星光低垂。那些天上的灯笼，

护送每个晚归人。一方小窗里的灯光在黑暗深处接应。当我终于
知道时间让我做些什么，走还是停时，我已经没有时间了。

每年春天，村东的树长出一片半叶子时，村西的树才开始发
芽。可以看出阳光在很费力地穿过村子。

刘二爷说，如果从很高处看——梦里这一村庄人一个比一个
飞得高——向西流淌的时间汪洋，在虚土庄这一块形成一个涡流。
时间之流被挡了一下。谁挡的，不清楚。我们村子里有一些时间
嚼不动的硬东西，在抵挡时间。或许是一只猫、一个不起眼的人、
一把插在地上的铁锨，还是房子、树？反正时间被绊了一跤，扑
倒在虚土里。它再爬起来向前走时，已经多少年过去，我们把好
多事都干完了，觉也睡够了。别处的时光已经走得没影。我们这
一块远远落在后面。

时间在丢失时间。

"我们在时间丢失的那部分时间里，过着不被别人也不被自己
知道的漫长日子。"刘二爷说。

鸟是否真的飞到了时间上面。有一种鹰，爱往高远飞，飞到
纷乱的鸟群上面，飞过落叶和尘土到达的高度，一直飞到人看不
见。鸟飞翔时，把不太好看的肚皮和爪子亮给我们，就像我们走
路时，不知道该把手放在什么位置。鸟飞在天上，对自己的爪子
也不知所措，有的鸟把爪子向后并拢，有的在空中乱蹬，有的爪

子闲吊着，被风刮得晃悠。还有的鸟，一只爪子吊下来，一只蜷着，过一会儿又调换一下。鸟在天上，真不知该怎样处置那对没用的爪子，把地上的人看得着急。不过，鸟不是飞给人看的，这一点小孩都知道。鸟把最美的羽毛亮给天空，好像天上有一双看它的眼睛。鸟从来不在乎我们人怎么看它。

那些阳光，穿过袅袅炊烟和逐渐黄透的树叶，到达墙根门槛时，就已经老了。像我们老了一样，那些秋草般发黄的傍晚阳光，垛满了村庄。每天这个时候，坐在门口纳鞋的冯二奶，最知道阳光怎样离开村庄，丝线般细密的阳光，从树枝、墙根、人的脸上丝丝缕缕抽走时，满世界的声响。天塌下来一样。

"我们把时间都熬老了。"刘二爷说。

当我们老得啃不动骨头，时间也已老得啃不动我们。

远路上的新疆饭

一

有一年，我们开车去阿勒泰，从天山脚下的乌鲁木齐出发，穿过茫茫准噶尔盆地，往天边隐约的阿尔泰山行进。原打算在黄沙梁吃午饭，那里的路边有几家卖拌面和大盘鸡的野店。所谓野店，就是前后不着村，饭馆的矮房子淹没在路边野草中，四周是沙梁起伏的荒漠。

那时这条穿越荒野的道路旁人烟少，饭馆更少，南来北往的人行到这里早都饿了，都会停车吃饭。我们却没饿，行车到半中午时，见路边一片瓜地，便沿便道开车到瓜地边，想买个西瓜解渴。一地西瓜明晃晃熟在地里，却找不到看瓜人，没办法买，只好自己摘了吃，吃饱了在瓜皮下压了一块钱，算是付费。

　　这顿西瓜把我们的午饭耽搁了，到黄沙梁的野店时，都饱着，就说再往前赶，结果一直赶到了黄昏，车里人饥肠辘辘，这时候的大漠落日，就像挂在天边永远吃不到嘴的圆馕。司机说，这段路上再不会有饭馆，也不会有西瓜地。我们穿过沙漠腹地已经到了更加干旱荒凉的阿尔泰山前戈壁。

　　这时，荒无人烟的路边突然冒出一间矮土房子，土墙上歪歪扭扭写着"沙湾大盘鸡"。赶紧刹车拐进去，车停在院子里。所谓院子，就是土屋前一小片修整平坦的戈壁，和屋旁辽阔起伏的戈壁滩连在一起。店里只有一张桌子，七八个板凳。女店主的表情也跟戈壁滩一样漠然，不冷不热地说一句"你来了"，那语气像是认得你。你似乎也觉得认识她，只是记不起来。她提着大茶壶，给每人倒一碗茶，那茶仿佛泡了一天，跟外面的黄昏一般浓酽。

　　我们忐忑地要了一个大盘鸡，问多久炒好。说快得很，一阵阵。果然喝几碗茶的工夫，做好的大盘鸡端上来了，那盘子占了大半个桌子，鸡块、土豆块、辣子满满堆了一大盘。四双筷子齐刷刷伸过去，没人说一句话，嘴全忙着啃鸡，忙着吃里面的皮带面。太阳什么时候落山的都不知道，小店里渐渐暗下来时，我们才从贪吃中抬起头来，彼此看看，谁学着女店主的腔冷冷地说了句"你来了"，大家都笑起来。

　　我全忘了坐在一桌的人是谁，我们因为什么事踏上了去阿勒泰这趟旅行，只记得吃着大盘鸡的瞬间，我侧脸看着窗外荒天野地

里的彤红晚霞，地平线清晰地勾勒出大地的边沿，那是我在千里
之外的小县城时常看见的天边，我们开车跑了一整天，她还是那
么远。仿佛比我在别处看见的更远。那一刻，一顿荒远的晚饭，
就这样长久地留在了回味里。

多年后再走那条路，有意把时间磨到黄昏，想再坐在那小
店的窗口，吃着大盘鸡看荒野落日，想再听那恍惚的一句"你来
了"……沿路经过一个又一个路边饭店，一直把天走黑，那土房
子再也找不见。

二

大盘鸡是我家乡沙湾发明的一道大菜，说是菜，其实也是饭。
新疆饮食大多饭菜不分，拌面、抓饭、手抓肉都是饭里有菜，菜
饭合一。大盘鸡也一样，主菜鸡，配料辣子、洋芋、葱、姜、蒜，
外加特制皮带面，搅拌在一起，结实耐饿，适合在路途中吃，也
方便在偏远路边店炒制，剁一只鸡，配一把辣皮子，一只铁锅便
能炒制出来。

大盘鸡发明那些年，我在沙湾城郊乡农机站当管理员，常被
拖拉机驾驶员拽去吃大盘鸡，那些跑远路的司机，吃遍天山南北，
还是觉得大盘鸡好吃。好在哪里，可能就是盘子大，可以放开吃。
不像那些小碟子小碗的吃法，都不好意思下筷子。那时大小酒桌
上的主菜都是大盘鸡。一大盘子鸡肉摆在面前，红辣皮子青辣椒，

白葱绿芹黄土豆，满满当当堆一盘，能让人胃口大开，平添大吃大喝的豪气来。

沙湾大盘鸡在二十世纪九十年代沿公路传到全疆各地。

到现在，好吃的大盘鸡都在路上。后来大盘鸡传到城郊僻街陋巷，生意依旧红火。城里人纷纷开车来吃，城郊乱糟糟的环境能和大盘鸡相匹配。再后来大盘鸡进了城，乌鲁木齐繁华区开过许多大盘鸡店，没多久都倒闭了。不是城市厨师手艺不好，大盘鸡本是一道乡间野路子大菜，在乡村饭馆和路边的简陋餐桌上，它一盘独大，其他菜都围着它转。到了城里的大餐桌上，七碟子八碗，大盘鸡失去了霸主位置，自然就寡味了。

有几年我们在和丰做工程，常走呼克公路，早晨从乌鲁木齐出发，到黄沙梁那一片刚好中午，在路边沙包下的饭馆吃大盘鸡。那几家店我们轮换着吃过，味道都差不多，好不到哪里，只是那个环境太适合吃大盘鸡了，屋外摆着永远擦不干净也支不稳当的圆桌，除了路，四周是沙漠荒野。有时刮起风，空气中呼呼啦啦地响，一阵沙尘草叶扬过来，大盘里的鸡肉也随之味道丰富起来。

我有一个亲戚，就在黄沙梁北边的沙漠里，开荒种了几千亩地，说了几次让我去他的农场玩。一次我路过黄沙梁，突然想去看看这个当地主的亲戚，打手机接不通，没信号，便驱车往沙漠里开，在岔路纵横的荒漠中凭感觉行驶了三小时，最终盯着远远的一缕炊烟来到亲戚家的农场。那座冒着炊烟的矮房子，坐落在一眼望不到边的棉花地边，女主人正在做午饭，见我来了，赶紧让小儿子骑摩托车去喊他父亲。

不一会儿，带着一身农药味的男主人回来了，说在开机子打农药。我说，耽误你干活了。亲戚说，让虫子多活半天吧，没事。说着扭头吩咐女人剁鸡，只听房后一阵鸡叫和扑腾声。又过了一阵子，一大盘鸡便做好端上来。男主人从床底下摸出两瓶沙湾苦瓜酒，我们边吃边喝边聊着棉花收成的事，五个男人，一会儿就把一瓶子酒喝光，第二瓶喝到一半时，主人喊小儿子去买酒，我说喝好了，还要赶路呢。小儿子不听我的，一脚油门，摩托车扬尘远去。

那半瓶酒喝完时，太阳已经西斜到棉花地里。主人看着空了的瓶子，不好意思地说酒很快买来了。我说不能再喝了，还要赶路。男主人说，你来了就不要想走。我说真的有事要走。主人说，你要再说走，我就开挖机去把路挖断。

天色黄昏时，听见摩托车声，小儿子抱来一箱子苦瓜酒。我问去哪儿买的酒，他说公路边的小商店，来回一百多公里。我们等了三四个小时，先前喝上头的酒劲都过去了，主人又吩咐剁鸡炒菜重新喝。我看天色已晚，哪儿都去不了了，只好任凭主人安排。

第二轮酒是在月亮底下喝开的，酒桌摆在沙地上，白天的闷热过去了，凉风从西边徐徐吹来，月光下轮廓清晰的沙丘像在晃动，月亮也在天上晃动。不知何时，同来的三个人早已躺在沙地上睡着了，司机也在敞开的车门里呼呼大睡，剩下我和亲戚举杯对饮。

荒漠之中，明月之下，两个喝高了的人，嗓音高低不平地说着明早肯定会忘记的滔滔大话，那话随月亮升高，又随沙丘起落。

我就在那时听见屋后面的鸡叫声，先是一只，接着三只五只，远远地，沙漠那边的鸡叫声也传过来。我看着盘子里剩了一大半的鸡肉，突然嗓子发痒，我从自己一个接一个的打嗝声里，也听见了鸡叫。

三

在新疆，最方便在野外吃的还有手抓羊肉，一锅水，一只羊，煮熟了吃，做起来比大盘鸡还简单。

一次我们到伊犁军马场游玩，中午约在山谷里一户哈萨克牧民毡房吃煮羊肉。到了毡房，牧民说羊去后山吃草了，主人骑马去驮羊，结果一去半天。到太阳西斜，羊驮来了。招待我们的人说，羊远得很，山路也不好走。我们看着主人宰羊、剥皮，肉放进石头支起的大铁锅里，松树枝在炉膛慢慢烧着，我们耐心地等。

跟我们一起等待的还有一群盘旋在天空的老鹰，鹰早在牧民马背驮羊下山时就盯上了，一直追踪到毡房前，看着羊被宰了，煮进锅里，它们等着吃骨头。几只牧羊犬也等着吃骨头。还有远近草原上的牧民，他们看着天空盘旋的老鹰，就知道鹰翅膀下面的毡房煮羊肉了，一匹匹的马驮着主人朝着这边溜达过来。

羊肉煮熟端上来时天已经黑了，一盘堆成小山的肉里，仿佛已经煮入了牧民上山驮羊的时间、羊在山上吃草的时间、鹰在天空盘旋的时间，以及我们饥饿等待的时间。

那一餐，我们一直吃到半夜，肉吃了一块又一块，每个人面前都堆了一堆羊骨头。酒也喝掉一瓶又一瓶，都没有醉的意思。仿佛我们等了大半天的饥饿，要用大半夜才能吃喝回来。

四

我的朋友刘湘晨说过他最难忘的一顿饭。

那年他在塔什库尔干拍纪录片，要下山买摄像机电池，站在村口等车，等到快中午，路上连个车影子都没有。就在这时，山坡上说说笑笑地来了五个姑娘，在路边的平地上支起帐篷，用石头垒起一个炉灶，放上铁锅，便开始架火烧饭。我的朋友不知道姑娘们给谁做饭，也不便过去问，就老老实实坐在路边。等得快睡着了，过来一个姑娘喊他，让过去吃饭。姑娘说，我们在村里看见你在这里等车，今天不一定会过来车，明天后天也不一定有车过来，我们给你搭了帐篷，做了饭，你住下慢慢等。

我的朋友常年在塔什库尔干拍片子，住在当地的塔吉克族人家，早已领略了塔吉克人的热情好客。但这样的奇遇还是第一次。他感激地吃完姑娘们做的清炖羊肉，正打算在帐篷里住下，远远看见一辆运货的卡车开来。他多么不希望这辆车过来，最好明天后天也不要有车来，他就一直住在路边的帐篷里，每天看着五个姑娘在石头垒的炉灶上给他做饭，晚上躺在帐篷里，望着高原上的星星和月亮，做着美梦，等一辆他永远不希望过来的车。

他可能是塔什库尔干最幸福的路人了。

同样的幸福经历我也遇到过。

那次我们驾车去和布克赛尔蒙古自治县牛石头草原探路，那是一处远离县城的高山湿地牧场，没有正规道路，汽车走的都是羊道，羊群踩出的道大坑小坑，要把车颠散架似的。一百多公里的路，走了四个多小时。大中午时，一行人进到一户牧民毡房，男人放羊去了。我们跟女主人说，能否给做点吃的，我们付钱。

女主人热情地招呼我们上炕坐下，很麻利地铺上一块白色单子，把烤馕和小油饼放在上面，沏上烧好的奶茶，让我们品尝。然后，女主人架着外面的炉子，开始煮风干牛肉。

我们出去游玩拍照。这里是一片高山湿地牧场，一块块的巨大石头，像卧在草原上的石牛，全部头朝西，任由西风吹凿出头、身体、鼻子和眼睛。草原上还有两个小湖泊，挨得不远，像两只望向天空的眼睛。我们玩得忘记时间，直到听见女主人站在一块大石头上高喊，声音高高地飘到天上又落在草地的大石头间。

那顿肉我们吃得很仔细，肉被风吹干，再煮熟，还是干硬的，只能小块地咀嚼，肉里有风的悠长干燥，有草从青长到黄的香，有石头的咸，有松枝烧柴的火气。一大盘子牛肉，细嚼慢咽地全吃光了。

临走时问主人需要多少钱。

"不要钱。"蒙古族阿妈说。

同行的朋友掏出五百元钱硬塞给阿妈。阿妈拗不过，就收下了。然后，她俏皮地笑着，一人一张，把五百元钱塞给了我们一行五人。

像是塞给她的五个孩子。

五

那年我和一位作家在维吾尔族朋友的陪同下，到库车塔里木乡采风。爱说笑话的乡会计开一辆没刹车的破桑塔纳，拉着我们在渠沟纵横的胡杨林里穿行。矮胖敦实的维吾尔族乡书记坐前面，我们同行三人挤在后排。会计用半生不熟的汉语说，你们不要担心我的车没刹车，刹车多得很，胡杨树、沙包、渠沟都是刹车。

确实这样，对面过来一辆拖拉机，眼看撞上了，会计一打方向盘，直接开到路边沙包上，把车刹住了。

晚饭安排在塔里木河边一户农民家，两间房子，孤孤地坐在胡杨林里。我们进屋脱鞋上炕，炕桌上摆着馕和葡萄干，乡书记让我们坐上席，他和会计坐对面。我们喝着奶茶吃着馕，会计打开自己带来的几包油炸大豆和花生米，乡书记从身后摸出一瓶酒，打开自己倒一杯喝了，又倒一杯给我。维吾尔族喝酒是一个杯子轮流转，转一圈，酒瓶子交给我，我先倒一杯自己喝了，再倒一杯给乡书记，就这样一圈圈地转，几包花生米都吃完了，天上星星出来了。

我以为就这样一直喝下去了，突然房门打开，主人端着一大盘煮熟的羊肉进来，接着提来水壶，挨个给我们浇水净手。乡书记说，刚宰的羊。书记带我们双手捧起做了祈祷。然后，他从腰上的刀鞘里抽出一把刀子，刃朝自己，刀把递给我。我在盘子中间最大的那块肉上割一块自己吃了，又割一块给乡书记，然后刀子递给会计，他麻利地把肉削成小块递给我们，自己也不时塞一块肉在嘴里。

肉吃好已经是半夜了，我以为该开着没刹车的桑塔纳回乡上睡觉了。可是，乡书记又摸出一瓶酒，说刚才是白喝，没有菜。现在菜来了，正式喝。

这场酒从半夜开始，往深夜里喝。与我同行的作家喝几杯说醉了，一歪身躺炕上睡着了。我们在他的鼾声里一杯杯地喝，他睡一觉突然坐起来，说该走了吧。乡书记见他醒了，拉住硬给他灌一杯酒，他又倒身睡过去。我们就在他睡睡醒醒间，喝了一瓶又一瓶。中间有一阵子，我有点迷糊，喝了几杯又醒过来。醒过来我突然开始说维吾尔语，他们都惊奇地看着我，这个前半夜不会说半句维吾尔语的汉人，后半夜张口就是维吾尔语。我用维吾尔语跟他们说笑，给他们敬酒，他们都能听懂我说什么，我也知道我在说什么。似乎我几十年来听到耳朵里的维吾尔语都被酒激活，涌到了舌头根上。

喝到东方泛白，我出去方便，看见房后胡杨树林下隐隐约约的水光，一大片，我沿林间小路走过去，宽阔的塔里木河出现在眼前。整个一夜，我们就在塔里木河沉静的涛声里喝着酒，却浑然不知。

我从河边回来时，听见了鸡叫声。天渐渐亮起来，从水流中能看见亮起来的天色，胡杨树梢上的叶子也有了亮光。我回到屋里，见他们已经横七竖八躺了一炕，全睡着了，打着呼。那个使劲劝我喝酒的乡会计，还说了两句维吾尔语的梦话，听不清。男主人打着哈欠进来，低声对我说了句话，我听不懂，想回一句，嘴张开，说了半夜的维吾尔语竟半句都找不见。我不好意思地对他笑笑，然后挤到炕角上和他们一起睡着了。

六

好多年前，我和回族画家张永和在老奇台镇采风，中午坐在路边小饭馆门前吃拌面。过来三驾马车，车上堆着空麻袋，显然刚卖了麦子。赶车人把马拴在门口的杨树上，一伙人吵吵嚷嚷在门口的大桌子坐下，我以为他们要大喝一场，粮卖了，人人口袋里装着钱。

可是，他们什么都没要。

其中一个人往里面高喊："老板，来碗面汤，馍馍自带。"

他们从随身布袋里拿出馍馍，每人拿出的都不一样，有白面的、苞谷面的，有花卷，有馒头，摆在桌子上。老板从后堂抱来一摞子大瓷碗，一人跟前摆一个，拿大水勺挨个地加满冒热气的面汤。

"谢谢啦，老板。"其中一个人说。

"喝完了再加。"老板说。

他们用面汤泡馍馍很快吃完了，我和永和吃过拌面，喝着面汤看他们赶马车上路。

问老板他们咋喝个面汤就走了。老板说，今年天灾，粮食收得少，农民都舍不得吃拌面，就要一碗面汤对付了。

"不过，他们收成好的时候会过来好好吃一顿。"老板又说。

面汤是新疆最暖人的汤，不要钱。吃完拌面，最舒服的就是喝碗面汤了，汤里全是面的味道，略咸，喝一口下去，面汤烫烫地穿过刚入胃的拉面，那些香味又被勾回来。

有一个笑话，店小二跟老板说："一食客吃完拌面没付钱走了。"老板问："喝面汤没？"小二说："没喝。"老板说："那就没事。"过了会儿，果然食客急匆匆回来，让老板上碗面汤。

我在沙湾金沟河乡①农机站工作那两年，每天中午到乌伊公

---

① 现为金沟河镇。

路边的饭馆吃拌面，一次一位种棉花的农民坐在对面，和我一样要了拌面，菜和面端上来时，他先把一小半菜拌在面里，很快吃完，喊一声"老板，加面"。剩下的菜分一半到新加的面里，吃完再喊一声"老板，加面"，待面上来，把其余的菜全拌进去，菜盘子拿面掺干净，呼噜呼噜吃了，又喊一声"老板，面汤"。

我被他的吃法感染，也喊了声"老板，加面"，面加了却没吃完。

听老板说，附近种地的农民，天刚亮下地，中午没工夫回家做饭，就到饭馆结结实实吃一顿拌面，然后干到天黑才回家。那一份拌面，要把上半天耗尽的力气补回来，还要撑到天黑。出那么大劲，加几份面都不够的。

路边饭馆的常客多是跑长途的司机，这顿吃了，下顿在千里之外。拌面是最能扛饿的，饭量大的加两三份面，再喝一两碗面汤，弓腰进来，挺着肚子出去。吃拌面的人，吃到加面才是最香的，加面不要钱，最后那碗面汤也不要钱。这是新疆饭的厚道，管吃饱喝好。

进到新疆的大小饭馆，主人先倒一碗烫茶，再问你吃啥。茶水也是免费的。一个不产茶的地方，竟然免费给客人喝茶。

那几年我常坐在路边饭馆喝茶，道路坑坑洼洼，汽车远去后，扬起的尘土缓缓落下来，像岁月一样，落在身上头上，我不管不顾地坐着。那时我年轻迷茫，看着远去的汽车会莫名伤感，仿佛什么被带走了，让我变得空空荡荡，又满眼惆怅。

多少年后我还喜欢在路边的小饭店吃饭，望着往来车辆，想找到年轻时的那份忧伤。我二十多岁时，在尘土飞扬的路边，想望见四十岁、五十岁的自己，到底走到了哪里。如今我年近六十，知道已走在人生的远路上，此时回头，看见二十岁的自己还在那里，我在他远远的注视里，没有迷路，没有走失。

荒野从没埋掉一个人

还是很久以前，有一段年月，我以为自己赶一辆马车做顺风买卖去了，我在虚土中等他回来。如果做得好，我的后半生就会有几年富裕日子。做赔了，连车马都赔光，就没脸回来了。在一个僻远村子窝下，不和人打交道，不和人说话。谁都不知道他想些啥。其实谁都知道，这个人静悄悄地往回走了。前面没好日子了，人就会往回走，开始一个人走，走着走着和好多人会合。在走向过去的路上，人挤人，头碰头。好多人走不回去，被堵在路上。

我听刘二爷说，人有无数个未来，只有一个过去。往未来走的路越散越开，好多人像烟一样飘散在远处。

人们在未来年月，一个找不见另一个。

往回走的路是聚拢的，千千万万条小路，汇到大路上，通向童年。我不知道有多少个我，在往回走。

好多人都是可以回到童年的。有人把自己长歪了，羞于回到童年。有人回来，他的童年不认他了，他没有长成最初期望的样子。人一离开童年，就好像长大成另一种动物。

我老的时候，我会感到一个孩子回到我的身体中。也许不会，我只觉察到一阵清风，从身边刮过去，就像我那时感觉到我爷爷的到来。

其实我没有爷爷。我看见的可能是老了以后的自己。我五岁时，一个七十岁的老人来到家里。很早，在我出生时他就在家里了，我不知道他是多年以后的我。我叫他爷爷，他看着我笑，我也笑。他早早把我的老年送到眼前，我却不认识。他走了又回来，把一个老人的动静和气息留在家里。

另一年，我在下野地的野户村，遇见一个放羊老人，住在空空的破羊圈里。从羊粪的厚度可以看出，这个圈里至少有过几百只羊。我记得早年的一天，我吆着一群羊走在野滩，那群羊一半黑一半白，我不知道后来我赶着那群羊去了哪里，也许一群羊放成两群，白的一群朝天黑走了，黑的一群留在白天。也许最后剩下一只活到老，黑毛变白。

我在那个老人身边坐了半天，什么都没说。我什么都知道，看见放一群羊放老的自己，已经没有名字，我几乎就要承认这个夹一根羊鞭，跟着羊群后面早出晚归，最后一只羊也没落下的老年了，又漠然地离开。原来我哪儿都没去，放了一辈子羊。我还以为我干了多大的事情。我五岁时，看见四十岁的自己，在远处有着无边的土地，一个连一个的村庄。我时常穿过无边金黄的麦田，我不去收割，它们熟落在我的土地上，年复一年。我的麦子自播自种，收割它们的夏季热风，刮到我的额头时已经变凉。我的眼睛是装得下一百个秋天的无边粮仓。当我远望时，目光金黄，从村庄，到另一个村庄，我目光喂养的远方，原来是一个梦想。我只是在荒野上放了一辈子羊。我可能看见过一百只羊眼中的春天，也看见悬在一百只羊头顶的刀子和皮鞭。但我看不清那个放羊老人，我不想看清。

还有一年，我在去老奇台的路上，经过一大片坟地，我在坟地的乱草中休息，在东倒西歪的墓碑中，竟然发现一块上面刻着我的名字和生卒日期。我又查看了其他墓碑，村里好些人的名字都在上面，全是大名。

原来我们早就死掉了，我们不知道。已经死掉的人，还在外面逃避死亡。死亡都不能让他们回来。

我想赶快回去把这个消息告诉村里人，快停下来吧，种地的人，赶车跑顺风买卖的人，正在吃饭喝水的人，抱着媳妇睡觉的人，我们早就死掉了，地里生长的全是过去的粮食，那些买卖早就结束了，早就没有了盈利和亏本，没有起早贪黑。我们的嘴和肠胃，多少年前就腐朽成土，一日三餐，只剩下袅袅炊烟，只剩下一个不会醒来的梦。它不知道我们已经死了。

只剩下风。

连风都不刮了。

我急急往村子赶，却怎么也回不到村子，所有的路都不对，远看着它通向村子，走着走着村子不见了。有一次，我眼看进村了，突然地，大渠上的桥断了，水黑黑朝西流，我被挡住。天已经黑了，眼前的村子亮起灯光。其实我应该清楚，连回去的路也早已荒芜。路上的脚印和车辙早被风拾走，桥断掉，被水冲走。

后来我是怎么回去的我忘记了。当我回到村里时，已经是早晨，鸡叫了，满村庄的开门声，太阳露出一小半，地上爬满长长的人影，他们开始吃早饭了。我看见母亲，从菜园摘来带露水的青菜，父亲的马车停在院子，他总是在我不在的时候回到家。我看见开门出来的我，五岁的样子，满眼是没做醒的梦。

原来那些坟墓全是空的。墓碑上的名字和生卒日期是虚的。它只是记载有一个人，自哪年到哪年，在这个村子生活。以后去哪儿了，都不说清楚。

荒野从没埋掉一个人，人全走掉了。一些人在远去的路上，一些人在回来的路上。我在哪里？我五岁以后的年月里，活着另外一个人，他娶妻生子，过着我不知道的生活，一年年地把身体

熬老。也许等我认出他时，都已经老糊涂了。我都不想承认这个
人。他跑断腿，累弯腰，剩下两颗牙，带着浑身的病痛来到我的
生命中。什么样的路途让他跑坏了腿？什么样的生活把他折磨成
这样？仿佛我是一头被丢掉的牲口，被谁偷去使唤了几十年，又
放了回来。我拉了几年车，犁了多少地，挨了多少鞭，我都不知
道。他们把我的一条腿使唤坏，把我腰上的劲全用完，让我剩下
两颗摇晃的牙，回来了。